KB103364

그렇게 이상한가요

그렇게

이 상 한가요

보 풀
고혜경
물 듦
이미진
김영하
허창배

똑같이 흘러가는 게 더 이상한 거 아닌가요?
이렇게 다른데 말이죠

키효북스

인생이라는 난제

매 기수의 책 제목이 결정되면 그때부터 표지 디자인의 세계가 펼쳐집니다. 책에 담긴 모든 글을 녹일 수는 없지만, 우리의 이야기를 한 장면으로 그려내기 위해 애쓰고 또 애씁니다. 도형 하나, 밑줄의 두께, 그림자의 농도, 글씨체의 각도를 수십 번 고쳐내며 지나가는 독자에게 다정한 말을 건네는 한 장의 표지를 만들어갑니다. 서점을 지나가다가 왠지 모르게 마음이 끌리는 책이 단박에 눈에 들어온다면, 그것은 아마도 독자와 소통하기 위해 부단히 노력한 이가 숨어있기 때문일 것입니다.

책 제목이 「그렇게 이상한가요」로 정해지고 저와

편집장은 고민에 빠졌습니다. 이 책은 여섯 명의 제각각 인생이야기를 담고 있습니다. 각자의 시선과 주관으로 담담하게 쌓아 올린 시간들이 적혀있죠. 페이지를 넘길 때마다 펼쳐지는 다채로운 이야기를 조화롭게 그려내야 했습니다. 빈 칸의 답을 정확하게 적어내고 싶어 오랜 시간 고민했습니다. 그렇게 한참을 모니터 위에 띄워둔 제목을 물끄러미 바라보고 있는데, 제목이 제게 말을 겁니다. "이렇게도 살고, 저렇게도 사는 거지. 꼭 정해진 답이 있어야 해?"라고 말이죠.

우리는 살면서 남들과 비교하며 나의 삶을 재단하곤 합니다. 지금 걷고 있는 길이 맞을까 수시로 걱정도 잊지 않죠. 옆을 보지 않고 묵묵히 나의 길을 걸어가는 건 참 어려운 일입니다. 아무리 생각해봐도 인생이라는 난제에 명쾌한 답은 없습니다. 정답이 없는 걸 알면서도 굳이 해답을 찾는 누군가가 있다면, 이 문장을 들려주고 싶습니다.

"인생이 똑같이 흘러가는 게 더 이상한 거 아닌가요? 우리는 이렇게 다른데 말이죠." 고민하며 작업하던 「그렇게 이상한가요」 책의 표지는 다각도로 해석할 수 있는 여지를 듬뿍 담아 만들어졌습니다. 어떤 방식으로 바라보듯, 무엇으로 생각하든, 어떻게 해석하든 모두 다 맞아요. 우리의 인생이 그러하듯 말이죠.

달라서 더 즐거웠던 작업을 끝내며
김한솔이 작가

차 례

·
·
·

보 풀

단순한 사람입니다.

그 단순함을 깨고 싶어 글을 썼습니다.

게으른 사람입니다. 그 게으름에서 벗어나고 싶어 글을 썼습니다.

사실 소파에 누워 엉뚱한 생각으로 시간 보내는 걸 좋아합니다.

그런 엉뚱한 생각의 조각을 글로 옮겨 책을 내고 싶다는 생각을 합니다.

언제가 될지는 아무도 모릅니다.

일곱 개의 보푸라기

프롤로그

한심하다. 왜 자꾸 다짐한 일을 잊어버리는 건지. 참 답답하다. 분명히 기억해둔 일도 뒤돌아서면 새까맣게 모르는 일이 되어버리니 말이다. 사소한 일들은 잘도 기억하면서 진짜 중요한 일들은 조금이라도 관심을 덜 쏟거나 끊임없이 생각하지 않으면 망각하게 된다.

마음도 마찬가지다. 이기적인 생각, 부족한 인내심, 무기력 같은 못생긴 마음들은 망각하기 쉽다. 그것들은 주기적으로 깎으며 돌보지 않으면 금방 자라난다. 이런 돌봄이 누군가에게는 꽤 자연스러운 일상일 수 있겠지만, 나는 항상 의식하고 노력해야 하는 사람이다.

내면을 드려다 보니 나라는 존재가 얼마나 하찮고 작은 것들로 구성되었는지 낱낱이 볼 수 있었다. 매번 가다듬지 않으면 점점 거칠어지고 번식해가는 나의 험한 마음들을 반성한다.

그러기에 나는 오늘도 부지런히 마음에 피어난 보풀들을 떼어낸다.

사랑하는 지구

"뽁!" 물티슈가 깔끔하게 한 장 뽑혔다.

저녁식사를 마친 뒤 나는 그 물티슈로 식탁을 닦는다. 한 번을 싹 훔치고 살포시 반을 접어서 깨끗한 면으로 또 닦았다. 이제 쓰레기통에 넣으면 된다. 그렇지만 그냥 버리기 너무나 아깝다. 여기서 프로알뜰러인 나의 절약정신이 발동된다. 물티슈는 이미 지저분하지만 나는 구태여 깨끗한 면을 찾아 다시금 곱게 접는다. 아쉬운 마음에 창문틈새, 걸레받이, 액자윗면, 각종스위치를 닦으러 햄스터처럼 집안 곳곳을 돌아다닌다. 마침내 먼지가 잔뜩 묻은 물티슈를 쓰레기통에 버리고 나서야 아낌없이 썼다는 뿌듯함과 만족감이 나에게 평온을 준다.

「프리미엄 물티슈, 엠보싱 원단, 75 GSM 최상의 도톰함, 70매」

물티슈에 대한 특별한 집착은 아마도 그 케이스에 적힌 한정수량 때문일 것이다. 케이스를 꽉 채운 물티슈가 한 장씩 뽑힐 때마다 두툼한 케이스가 한층 얄팍해진다. 통통했던 물티슈케이스가 늙는 마냥 쭈글쭈글해질수록 왠지 모를 아쉬움을 느낀다. 물론 '많이 사두면 되지 않겠냐.'라고 물을 사람도 있겠지만 물티슈가 창고에 박스로 쌓여있다 한들, 한 장 한 장이 아깝지 않고 귀중하지 않은 것은 아니다.

'물티슈라는 자원을 낭비하지 않았기 때문에 환경보호에 도움이 될 거야!'

'내가 야생동물들을 구한 거나 다름없어. 적어도 지구에 영향을 미치는 행동을 한 거야!'

이런 정의로움을 생각하면 '역시 난 합리적인 사용자!'라는 생각에 뿌듯하다.

'헉! 비상사태다!'

오늘도 여느 때와 같이 식탁을 닦으려 물티슈를

뽑았다. 그런데 무려 '두 장'이 뽑혀 버린 것이다. '이런….' 또 다시 집안 방방곡곡을 돌아다니며 창틀을 닦아 대고 손이 안 가는 방구석 귀탱이란 귀탱이는 다 닦고 나서도 한 장이 더 남았다. '자. 마음을 달래며 진정하고 물티슈에 물기가 마르기 전에 지금 내가 할 수 있는 최선이 무엇인지 생각하자.' 이미 세상 밖으로 나와 버린 물티슈를 다시 케이스에 집어넣는 건 세균을 투여해 자폭하는 행위이다. 난 재빨리 2단 걸레 밀대의 모서리에 물티슈를 끼고 거실 바닥을 닦기 시작했다. 부지런히 거실, 안방, 주방바닥까지 아주 뽕을 뽑고 나서야 마음의 안정을 되찾았다. 이정도 사용하고 버리면 잘 쓴 거라고 스스로에게 칭찬한다.

　내일의 나는 조심스럽게 물티슈를 뽑을 것이다. 그리고 물티슈 뚜껑이 잘 닫혔나 확인하면서 생각할 것이다.

　'방심하지 말고 한 장만 뽑아야지!'

축지법

나는 축지법을 쓴다.

마트에 도착하면 목적지가 분명한 나의 발걸음은 그 누구보다 빨라진다. 알뜰코너에 도착하는 그 순간 나는 아이큐테스트를 하듯 재빠르게 눈동자를 굴려 40% 할인딱지가 붙은 우유를 찾아낸다. 누가 가져갈 새라 손동작 또한 재빠르다. 한 5일 굶은 독수리가 우연히 발견한 먹잇감을 놓칠 새라 전속력으로 달려들 듯 나 또한 손을 갈고리모양을 하고 선 우유를 낚아챈다.

'알뜰코너'의 우유에는 여러 계급의 훈장이 붙어있다. 그 훈장은 유통기한 임박에 따라 20~40%의 할인계급으로 나뉜다. 할인을 여러 폭으로 해 주긴 하지만 그래도 20%와 40%의 차이는 상당하다. 항상 한정된 소량의 물품밖에 없기 때문에 누군가 할인된 우유를 전부 사버리면 그날은 허탕을 치게 된다. 그래서 마음이 항상 급하다.

40% 훈장을 단 우유를 낚아채면 성공적이지만 때론 먹잇감을 놓치는 날도 있다. 바로 40% 할인된 우유가 이미 다 팔려서 없고 별 볼일 없는 20~30% 할인딱지가 붙은 우유만 남아 있는 경우이다.

'아니, 유통기한을 보니 이건 딱 봐도 40%구만 왜 아직까지 30%가 붙어있는 거야.'

'대체 몇 시에 할인 딱지를 교체하는 거야.'

'너무 일찍 온 건가? 아니면 너무 늦게 왔나?'

'이래서 마트 문 닫기 2시간 전에 왔어야 했는데 오늘은 너무 빨리 왔군.'

'마냥 기다릴 수도 없고 담당자를 불러야 되나?'

오만가지 물음표와 자책이 내 가슴을 답답하게 만든다.

나라고 별 수 있겠나. 주어진 환경에서 최선을 다할 뿐이지. 그러면서 속으로 되뇐다. '40%가 없는 걸 어떻게 해. 어쩔 수 없는 상황이잖아.' 그렇게 씁쓸한 마음으로 별 볼일 없는 30% 할인된 우유를 들고 계산대로 향한다. 발걸음이 가볍지 않다. 터벅… 터벅… 그렇게 나는 오늘의 패잔병이 되었다.

계산할 차례가 되었다. "삑!" 하고 포스기에 가격이 찍혔다. 불만가득 하지만 해야 할 것은 해야 한다. 정가에서 할인된 금액이 잘 찍힌 걸 확인하고 나면 마트할인 전용 신용카드를 내밀며 외친다.

"포인트 적립이요!"

꽁플릭스

우리 집은 영화관이다.

빔 프로젝터를 켜면 바로 우리만의 전용 영화관이
된다. 화면 크기로 치면 100인치 사이즈는 너끈히 된다.
웬만한 TV로는 채워지지 않는 웅장함이 느껴진다. 그래
서 나는 대세인 넷플릭스를 가입하기로 했다. 회원가입
을 하는 중에 이런 문구를 발견했다.

「30일 무료 이용」

즉, 가입한 날로 29일째 23시 59분 59초가 될 때 탈
퇴하면 이용금액 없이 완전 무료로 볼 수 있다고 광고를
하고 있는 것이다. 정책이 그러하니 따르는 수밖에.

처음에는 열심히 본다고 한 미국드라마의 시즌10까지 정주행했다. 하지만 한 달, 두 달 시간이 지나갈수록 콘텐츠들은 시시해졌다. 영화를 보자고 결심을 하면 영화를 보는 게 아니고 무얼 볼지 고르다 지쳐 꼬꾸라지기 일상이었다. 그럼에도 나는 29일째인 마지막 날이 되서야 탈퇴를 했다. 그리고 새로운 아이디를 만들었다. 나의 이메일과 아내의 이메일을 총동원시켜 번갈아 가며 6개월간 새로운 회원인척 가입하기를 반복했다. 번거로웠지만 그렇게 계속 무료이용을 누렸다. 이런 무료 이용이 그리 비합리적인 행동은 아니라고 생각했다. 사실 무료로 영화목록을 보는 거지 영화 자체를 많이 보는 건 아니기 때문이다.

그러던 평화로운 어느 날 "띠링" 문자가 왔다.

[Web발신]
롯데8*6* 승인
14,500원 일시불
11/05 12:30
넷플릭스서비시스코
누적 171,105원

'오우 지져스 크라이스트!!! 와아앗 더 헬!!!'

(해석: 허..어억...안.....돼애!!!!)

나도 결국 자동결제라는 악마에 꼬임에 넘어가고야 말았다. 제때 탈퇴했어야 했는데 이미 하루를 넘겨 결제가 되고 만 것이다.

그날부터 우리 집에는 매일 밤 영화관이 열렸다. 영화 한 편이라도 더 보려고 잠을 쫓았다. 그 '사건' 이후로 나의 철저함은 한층 더 업그레이드되었다. 무료회원 탈퇴시간을 지키려고 휴대폰 알람을 이중삼중으로 설정해 두었다. 그리고 엑셀 프로그램으로 한 번 가입한 이메일들을 정리하여 목록화했다. 한 번은 실수이고 두 번째는 무능이라는 마음으로 비장했고, 그 마음은 해외공룡기업으로부터 국고를 지키겠다는 애국심처럼 숭고했다.

장미 꽃 내음

'으으음~ 향기로워!'

호수공원의 장미꽃향이 진동한다. 퇴근길에 맡는 꽃향기는 늘 향기롭다. 나는 영혼을 끌어 모은 돈과 함께 대출을 끼고 호수공원 근처에 있는 집을 샀다. 여유롭게 산책을 하며 쾌적한 삶을 누리고 싶은 마음이었다. 삶의 질은 중요하니까.

공원은 집에서 뛰어간다면 10분 안에 도착할 수도 있다. 그곳에는 계절마다 꽃이 피고 항상 사람들로 붐빈다. 자전거 도로에는 자전거를 탄 사람들이 바람을 가르며 달리고, 인도에는 산책하는 사람들이 꽃 길 옆을 사뿐사뿐 걷고 있다. 반려견과 산책하는 사람들도 많이 보인다. 여러 강아지들이 예쁘게 미용하고 주인과 발맞춰 걷는 모습을 보는 것도 꽤 재미있을 것 같다. 수많은 사람이 그곳을 이용하지만 나름의 질서가 있기에 쾌적하고 평화로워 보인다.

퇴근길에는 언제나 호수공원 옆을 지나간다. 시원한 공기를 맞으려 창문을 내리면 차창 밖의 장미 꽃 내음이 흘러 들어온다. 꽃 내음이 내 코끝을 간지럽히면서 어서 놀러 오라고 손짓한다. 그렇게 햇살 가득한 호수공원의 향기를 맡으면, '아! 오늘은 아내와 함께 호수공원을 산책 해야지.'란 생각에 사로잡힌 채로 집에 도착한다.

집에 도착하자마자 서둘러 샤워를 한다. 따뜻한 물에 몸이 스르르 녹는다. 한층 청결해진 몸에 수면잠옷을 걸치니 세상 보들보들하다. 소파로 '직행'하면서 아내에게 말을 꺼낸다.

"오늘 햇살이 좋으니 산책할까요?"

"산책 말고도 나간 김에 무얼 할지 추가로 생각해봐

요."

"아! 그리고 산책하는 길에 맛있는 음식점을 갈까요?"

우선 맛집을 찾기 전에 먹고 싶은 게 있냐며 서로의 입맛을 체크한다. 소파에 누워 우리는 휴대폰으로 식당을 열심히도 검색해본다. 이렇게 오늘 먹을 저녁 메뉴를 찾고 있을 때, 무심한 해는 뉘엿뉘엿 기울고 있었다.

집돌이 세포는 야행성인가보다. 해가 지기 시작하자 그 녀석이 나타나 나에게 말을 건다.

'이 시간에 어디를 가더라도 어차피 집으로 돌아올 건데 어디를 나가?'

'집 나가면 고생인거 몰라? 퇴근했으면 쉬어야지.' 소파에서 고개를 들어 밖을 보니 서서히 어둠이 내리기 시작했다. 그러자 이런 생각에 잠긴다.

'아 오늘도 하루가 다 가버렸네….'

'나가봤자 따뜻한 햇살도 못 느끼네. 그럼 그냥 집에 있어야지.'

'괜찮아! 내일이 있으니까!'

여름에는 그나마도 낮이 길어 시간적 여유가 있지만 쌀쌀한 계절에는 해가 빨리 기운다. 지는 해처럼 산책 가고 싶은 마음도 더 빨리 기운다. '짧은 해를 탓해야지.' 결국 우리 부부는 오늘도 배달앱을 켠다. 배달음식을 먹고 나면 다시 소파와 한 몸이 되어버리고 만다. 내 몸이 소파고, 소파가 바로 내 몸이다. 나의 저녁이 그렇게 흘러갔다. 그래도 괜찮다. 나에겐 내일이 있으니까. 그리고 우리 집은 공원에서 10분 거리밖에 안되니까.

내일도 나는 퇴근길에 차창 밖 장미 꽃 내음을 맡으려고 콧구멍을 벌렁거리겠지.

그녀의 눈빛

책을 내팽개쳤다. "거참 어렵게 써놨네."

아무리 읽으려고 해도 몇 장만 넘어가면 집중력을 잃고 말았다. 한국어라고 다 같은 한국어가 아닌가 보다. 그럼에도 계속 부딪혀 본다. 읽었던 부분을 다시 읽고 되돌아가 또 읽어가면서 한 장 한 장 넘어간다. 소화시키지도 못하는 문장을 열심히 씹는 흉내만내면서 글자와 싸우는 중이다.

이 책을 읽게 된 이유는 아내가 밤새 읽었을 만큼 좋은 책이라며 생일 선물로 주었기 때문이다. 그냥 준 것이 아니다. '당신도 이 감동을 꼭 느껴봐.' 하는 무언의 메시지를 그녀의 반짝이는 눈에 담아 주었다. 무얼 주던

사랑하는 사람에게 받은 선물이니 좋지만 지금은 아주
곤욕이다.

책 제목이 워낙 유명해서 예전부터 들어는 봤지만
어느 정도인지는 몰랐다. 검색해보니 2014년과 2015년
베스트셀러이고 2016년엔 후속편도 나왔다. '그래! 이
렇게 많은 사람들이 읽어봤으니 나도 완주해보자!' 다
시 한 번 결의를 다졌지만 목차 포함 10장을 못 넘기고
피로감이 몰려왔다.

'이래서 외국 책은 번역가를 잘 구해야지. 읽기 힘
들구먼.'

'하루키 소설은 번역이 참 매끄러운데.'

이번에는 번역가를 탓하기 시작했다. 안되겠는지
책을 덮고 예정 없는 다음으로 기약한다. 그렇게 그 책
은 책장 한편에 전시품처럼 1년 동안 진열되었다.

어느 날 아내가 내게 물어봤다. "여보, 제가 선물한
책 다 읽어봤어요?"

'후..더덜덜' 아마 지금이 공포영화의 클라이맥스

직전일 것이다. 어차피 다 읽었다는 거짓말은 아내에게 통하지 않는다. 만약 내가 다 읽었다고 말하면 아마도 아내는 눈을 또다시 반짝이겠지, 그리고 그 책의 내용에 관해서 나와 대화를 나누고 싶어 할 것이기에. 결국 나는 앞장만 닳도록 읽고 책의 반도 못 읽었다고 실토했다. 그러자 그녀의 눈빛은 그 어느 때 보다 살벌했다. 살 떨리는 뒷이야기는 생략하고 결국 나는 다시 책을 폈다. 하루에 3장을 읽기도 5장을 읽기도 다시 처음부터 읽기도 하면서 각오를 다졌다.

'아내가 선물해준 책인데 꼭 다 읽어야지. 책 내용으로 대화를 해야지!'

결국 무려 1년이 넘는 시간이 걸려 그 책을 완주했다. 그리고 다시 처음부터 읽어봤다. 이미 어려운 문장이 익숙해져서 그런지 속도도 빨라지고 새로운 것들도 많이 보였다. 읽고 난 후 나의 고정관념은 깨졌고, 시선이 달라졌고, 마음이 단단해졌다. 그 책은 내 마음속의 베스트셀러가 되었다. 책의 문장을 온전히 나의 머릿속에 심고 싶어 틈만 나면 다시 읽었다.

이제 아내에게 자랑을 해도 되겠다 싶어 해맑은 미소로 말했다.

"여보! 나 이 책 2년 만에 다 읽었어요!"

아내가 째려보며 대답했다.

"어휴. 내 팔자야. 2년이면 책을 썼겠네."

출구

"이야~~ 부럽다. 부러워! 이제 사장님이시구먼?"

나는 1인 자영업자다. 이런 나를 부러워하는 친구도 있다. 자영업자가 된지는 만 4년이 넘었고 곧 5년차가 다가온다. 기존에 있던 가게를 인수받아서인지 다행스럽게 매출이 꾸준히 유지되고 있다. 직장을 다닐 때 받던 월급보다 많아서인지 돈에 대해서도 어느 정도 만족한다. 물론 주말과 공휴일에도 일을 해야 매출이 늘어난다. 휴가나 연차가 전혀 없다는 점과 세금이나 전기세와 같은 공과금부터 청소까지 모든 것이 나의 업무라는 것이 때론 힘들다.

사실 자영업을 하고 있는 이유는 '출구'가 없어서

이다. 나는 자영업에 갇혔다. 그러나 불행한 갇힘은 아니다. 그전에는 직장인으로 살면서 항상 출구를 찾았다.

첫 번째 직업으로 한 기업의 인턴이 되었다. 서울의 중심에서 일한다는 기분도 좋았고 사원증의 파란색 끈조차 마음에 들었다. 하지만 그것도 잠시였다. 뭐니 뭐니 해도 인사과가 제일 좋은 부서라는 몇몇 사람들의 말을 듣고 왔는데 상대적으로 급여가 적었다. '힘들더라도 급여가 높아야지!' 그곳을 6개월 만에 퇴사했다.

그 후 실업급여를 받으려고 일부러 단기 계약직을 찾다가 2개월짜리 대기업 영업관리부서 인턴이 되었다. 아무리 인턴이라도 대기업에 합격이라니! 괜스레 기분이 좋았다. 정직원의 급여를 알아보니 꽤 높았다. 기대감에 차서 인턴을 시작했다. 헌데 일이 너무 많았다. 직원들은 점심도 안 먹고 일을 했다. 회사에서 숙박하는 사원이 있을 정도로 야근이 잦았다. 정직원이 되어도 계속 일을 할 수 있는 환경이 아니라는 판단이 섰다. '돈과 건강을 바꿀 수는 없지!' 2개월을 겨우 채우고 도망치듯 그곳을 나왔다.

세 번째 직업은 600대 1이라는 경쟁률을 뚫고 들어간 중견기업 영업관리부서였다. 급여는 낮지만 근무환경이 힘들지 않다고 들어서 지원했는데 운이 좋았다. 막상 가보니 기존 대기업과 동일한 강도 높은 근무에 급여만 낮은 회사였다. 또 다시 2개월 만에 사표를 냈다.

그 뒤로 일이 적은 직업을 찾다 중소기업 일반부서 사원이 되었다. 그런데 이번에는 너무 지루했다. 낮은 급여임에도 하는 일에 비하면 오히려 그 급여가 많다고 느낄 지경이었다. 10시에 출근해서 어영부영 있다 엑셀로 판매량을 취합하면 하루가 갔다. 누가 일을 했는지 모르겠지만 확실히 나는 아니다. '너무 지루해!' 퇴직금 정산을 코앞에 두고 11개월 만에 그곳을 탈출했다.

이렇게 직업의 '맛'만 보다가 친구의 제안으로 갑작스레 스타트업(청년사업)을 시작했다. 1년간 앱 개발을 했는데 이때는 적어도 지루하지 않았다. 하지만 앱 출시도 전에 상표권 소송, 개발자와의 불화, 정부지원금의 고갈 등의 문제가 생겼고, 정작 개발한 앱이 사업장에서 쓸 수 없다는 걸 알고 완전히 포기했다. 사전 시장

조사도 없이 개발만 했던 것이다.

　이후에도 내 이력서는 몇 개월짜리 작은 기업들의 이름으로 채워졌다. 부모님은 직업을 자주 바꾸는 나를 걱정했다. 그러다 커다란 행운이 왔다. 한 자리에서 30년간 운영하던 가게의 인수자를 찾는다는데 한번 해보지 않겠냐는 어머니의 제안이었다.

　그렇게 나는 얼떨결에 '사장님'이 되었다.

　그것은 나의 가장 오랜 직업이 되었고 현재진행형이다. 사장이 되면 좋을 줄만 알았다. 그런데 어떠한 이유에서건 사표를 던질 수 도 없고 퇴사도 할 수 없는 걸 깨달았다. 그야말로 출구 없는 직업이다.

　혼자 일하면 세상 편할 줄 알았다. 자유롭지만 외롭다. 혼자라서 모든 걸 책임지고 해결해야한다. 때론 숨 가쁘게 열심히 일해도 인정받을 동료도 없다. 물론 직장인이었을 때도 가지고 있던 불안감이지만 자영업자의 그것은 더욱 치명적이다. 경쟁사에 대한 견제는 늘 존재할뿐더러, 이 직업마저 포기하면 퇴직금이나 연금과 같

은 경제적인 보호 장치가 없다는 두려움이 있기 때문이
다.

책임감, 힘듦, 외로움, 불안감, 두려움 그 어떤 것도
견뎌내야 한다. 나는 이제 어떤 핑계거리도 찾지 않으려
한다. 출구가 없어서 도망치지 못하는 게 아니라, 출구가
있어도 도망치고 싶지 않다.

지름길

"이런 유형의 문제는 해석하실 필요가 없어요. 제가 알려드린 방법대로 만하면 시간을 훨씬 아낄 수 있어요. 다른 유형들도 다 방법이 있어요. 모두 이렇게 하고 있어요!"

토익을 준비하던 시절, 이 영어강사의 말에 뒤통수를 맞은 듯 했다. '그동안 나만 미련하게 살고 있었구나!' 검증된 바 없어도 철석같이 믿었고, 믿고 싶었다. 최소한의 노력으로 남들보다 앞서고 싶었기에. 마음은 급한데 능력은 부족했고 당연히 빠른 길을 찾아야만 했다. 어차피 과정보다는 결과가 중요하다는 생각뿐이었다. 하지만 네잎클로버를 발견한 기분은 그리 오래가지 못했다.

나는 늘 지름길을 선택했다. 인간관계에서 조차. 집에서 부모님과 언쟁이 있는 뒤면 아무런 노력을 하지 않아도 됐다. 가족이란 이름에 묶여 한 공간에 살다보니 제대로 된 사과나 화해 없이도 시간만 흐르면 문제가 저절로 해결되었다. 내가 해야 하는 일이라고는 고작 방문을 닫고 침묵의 시간을 보내는 것이었다. '별일도 아닌데'라며 무관심으로 덮어두는 것이 편하게 사는 길이었다.

집 밖에서도 마찬가지였다. 나와 안 맞는 사람이라고 생각이 들면 인연을 끊으면 되지 자존심까지 굽혀가며 대화를 나누지 않았다. 학교에선 친구로 사귀지 않으면 됐고, 연애에선 헤어지면 됐고, 직장에선 퇴사하면 됐다. 입맛에 맞는 사람들로 주소록을 채워가기에도 인맥은 충분했다. 누군가를 오랜만에 만나면 어렵고 불편한 이야기를 하기보다 거리를 두고 적당히 즐거운 이야기만 하면 됐다. 그러면 얼마든지 그 관계를 유지할 수 있었다.

하지만 결혼생활은 달랐다. 친구나 동료처럼 주소

록에서 지울 수 없었다. 부모님과 살던 집처럼 방문을 닫는다고 해결되지 않았다. 그곳에 나 혼자가 아니었다. 문제의 크기만큼 무거운 공기를 그만한 무게로 함께 느껴야했다. 그럼에도 나는 계속 회피와 침묵이라는 지름길을 택했다. '왜 이 방법이 먹히질 않지?' 당황스러웠다. 그동안 이 방법을 선택해도 아무 문제가 없었는데. 그것은 놀랍게도 정답도 지름길도 아니었다. 그저 막다른 골목으로 가는 길일뿐이었다. 나는 갈 곳을 잃었다.

토익강사의 말을 듣고 그대로 따라 해봤지만 내 영어성적은 크게 오르지 않았다. 나는 정작 단어부터 차분히 외웠어야 했다. 그리고 부족한 문법이 무엇인지 파악하고 다시 공부하고 독해도 연습했어야 했다. 그래야 했었다는 것을 이제야 깨달았다. 그런 공부를 하는 사람들을 미련하다고 칭하던 내가 정작 바보였던 것이다.

결국 진실한 인간관계에 있어서도 잔꾀와 교묘한 수법은 통하지 않았다. 문제를 마주해야 했고, 상대방과 대화하고 감정을 풀어가는 과정을 견뎌야 했다. 그 과정에는 단순히 "미안해"라는 사과가 아닌 공감과 위로가 포함 되어야 한다. 그 위로와 공감은 '내가 당신이라면' 이 아닌 '당신이 당신이라면 느끼는 감정' 에 대한 상대 방 중심의 해석이다.

그동안 나의 결함을 알고도 관계를 맺어준 사람들 이 떠오르면서 새삼 미안한 마음이 들었다. 짧은 생각으 로 수많은 사람들에게 상처 입힌 행동이 부끄러웠다. 나 라는 존재가 한 순간에 변하기는 쉽지 않다. 하지만 분 명하게도 비겁한 행동은 이제 끊고 싶다.

오래 걸리는 길, 복잡하고 지루한 길. 이제 그 길이 나의 지름길이다.

에필로그 :
보풀이 아내에게

    나는 오랫동안 텅 빈 상태로 외로웠지만 이제 그 빈 공간을 당신으로 채우고 있다. 비어있는 마음을 당신으로 메우려 애쓰는 삶이 버거울 때도 있지만, 다시금 생각하면 가슴 한편이 한 없이 따뜻해진다. 시간이 지날수록 우리는 닮아가고 서로 본연의 모습보다 상대의 모습이 더 많이 묻어나 놀랄 때도 있다. 그렇게 내 마음은 당신으로 가득 찼다.

    당신의 말은 언제든 내 전부를 흔들 수 있다. 때론 말 한마디, 한 단어, 한 숨 조차 예보 없는 큰 파도가 된다. 아무리 날씨가 맑아도 파도는 친다. 비바람이 몰아치는 중에도 잔잔한 파도만이 바다를 덮었으면 하고 바랬다.

큰 파도가 지나간 자리에는 감당하기 힘든 폐허만이 남는다고 생각했다. 지금은 부서지고 패인 깊이만큼 상대를 깊게 받아드릴 수 있기 때문에 그리고 그 안으로 사랑이 스며들 수 있으니, 그 기회를 준 파도를 반겨야 한다.

전부 부시고 당신과 함께 튼튼한 집을 짓겠단 상상을 한다. 지금 난 파도를 통해 탈피 중이다. 허물을 벗고 나비가 되어 새로운 공간을 유영할 지금의 우리를 지키고 싶다.

고혜경

.
.
.

20대의 마지막을 기념하며 뜻깊은 일을 하고 싶어
책 쓰기에 도전한 평범한 29살, 글쓰기를 좋아하는 여자.
영화관에 혼자 공포영화를 보러 가고, 롤러코스터를 즐겨 탈 것 같다는
오해를 많이 받지만 실제로는 공포영화 한편을 끝까지
본 적이 없고 회전목마 타는 걸 좋아하는 겁 많은 성격.
두려움을 극복하기 보다는 굴복했던 편이지만
30대가 되면서 변화를 꾀하려고 노력중이다.
책 쓰기를 시작으로 하고 싶은 일들을 용기 내어 해보려고 발악하는 중.

두려움, 그 솔직한 고백

프롤로그: 내 가방 속 마이크

'으, 머리 깨져.'

눈을 뜨자마자 목이 타들어가는 느낌에 냉장고로 직행해 생수를 벌컥벌컥 들이켰다. 숙취가 몰려와 머리가 깨질 듯이 아프고 속도 좋지 않았다. 순간 알 수 없는 기시감에 온몸에 소름이 돋았다. 어제 회식의 기억이 없다. 힌트가 될 만한 게 있을까 싶어 급하게 가방을 뒤져보는데 이게 웬걸. 노래방 마이크가 나왔다.

머리털 하나하나가 곤두섰다. 정신이 아득해져가면서 아직 깨지 않은 술 때문에 머리가 더욱 아파왔다. 일단 침대로 돌아가 기억을 더듬어보는데 아무리 생각해도 기억이 나질 않았다. 머릿속이 새하얘지고 가슴이 쿵쾅거렸다. 실수한 게 없을지, 이대로 일을 그만둬야 하는 건 아닌지 온갖 걱정이 밀려와 눈앞이 깜깜해졌다. 아, 망했다. 마음속에 늘 퇴사를 꿈꾸긴 했지만 이런 식으로 끝을 맺게 되리라곤 상상도 못해봤는데.

이때였다. 두려움의 색이 여러 가지임을 깨달았던 순간은. 사람들이 흔히 말하는 칠흑 같은 어둠으로 무섭게 짓누르다가도, 마치 안전벨트가 없는 롤러코스터를 타고 가장 높은 곳에서 멈춰버린 것만 같은 하늘색으로 마음을 띄워놓았다. 맘에 드는 소개팅 상대 앞에서 두 시간 동안 실컷 떠들고 나서야 이에 낀 고춧가루를 발견한 여자의 얼굴마냥 빨갛게 타오르게 만들다가도, 사랑하는 사람에게 이별을 통보받고 멍든 것처럼 퍼져나가는 보라색으로 마음을 먹먹해지게 만들었다.

"나도 그랬어."
시시각각 변해가는 색의 늪에서 허우적거리는 나를 꺼내준 건 언니의 이 한마디였다. 출근하려고 일어난 언니를 붙잡고 다짜고짜 말을 쏟아내었다. 작작 먹지 그

랬냐고 한바탕 잔소리를 퍼부을 줄 알았는데 의외의 반응이 돌아왔다. 본인도 예전에 회식에서 필름이 끊겨본 적이 있고, 무슨 짓을 저질렀을지 무서워 출근하기 싫은 마음에 냉장고에 있던 유통기한이 지난 우유까지 마셨더라나. 그러나 감사하게도 부모님께서 물려주신 튼튼한 위장 덕분에 출근을 하게 됐는데, 막상 직장동료들 모두 취해서 서로 기억이 없었더라는 이야기였다. 지금 떨리는 건 당연하지만 막상 부딪혀보면 별거 아닐 수 있다는 언니의 말에 진정이 안 되던 마음이 조금씩 차분해졌다.

특별한 해결책을 알려준 건 아니었지만 이것이 혼자만의 것이 아니라는 사실 하나만으로도 큰 위안이 되었다. 마주하고 부딪혀볼 수 있는 용기가 생겼다. 실제로 막상 출근해서는 노래방에서 얌전히 자다가 나왔다는 희소식을 전해 듣고 가슴을 쓸어내렸다. 직장 동료들 아무도 내가 마이크를 가져왔다는 사실을 모르고 있으니 이 사실은 지금 이 글을 읽는 당신과 나만의 비밀로. 아, 물론 마이크는 다음날 바로 노래방에 가져다 드렸다.

책을 쓰고자 마음먹었을 때, 이 두려움에 대해 써보고 싶었다. 앞으로 펼쳐질 이야기는 극복방법을 깨닫고 이를 실천해나가는 거창한 것은 아니다. 오히려 극복보다는 굴복에 가까울 정도랄까. 그래도 이 감정이 혼자만의 것이 아니라 우리 모두에게 존재한다는 것을 깨닫기를 바라는 마음. 나아가 부딪혀보고 도전해보려는 누군가에게 도움이 되길 바라는 마음을 담아 나의 두려움의 순간들을 엮어놓았다. 내가 언니의 한마디에 위안을 얻었듯 이 글을 읽는 누군가에게 위로가 되기를. 두려웠던 순간들을 마주하고 꺼내보면서 나 자신도 성장할 수 있는 기회가 되기를 바라며.

부재 중 보이스톡 1통

정말 좋아했다. 183cm의 훤칠한 키에 내 이상형인 박서준을 닮은 남자. 새하얀 피부 위에 살짝 찢어진 눈매도, 옆에서 보면 감탄이 나오는 오뚝한 코도, 약간 도톰하게 올라와있는 입술마저도 모든 게 다 내 이상형 그 자체였다. 여기에 사랑스러워 죽겠다는 표정으로 나를 바라보는 다정한 눈빛도, 퇴근길이면 피곤해도 항상 데리러오는 자상함도, 잠들 때까지 전화로 노래를 불러주던 그 목소리도 모든 게 다 좋았다. 세상에 이런 완벽한 남자가 또 있을까?

그런데 헤어졌다.

서로 너무 좋아했던 나머지 사소한 것 하나하나가 너무 서운했다. 쌓였던 서운함이 터지는 날이면 격렬하게 싸우고 격렬하게 화해하기를 반복했다. 결국 우리는 8개월 만에 이별했다. 1년도 채 되지 않는 짧은 기간이었지만 하루가 멀다 하고 만났던 사이기에 허전함이 크고, 정말 좋아했던 만큼 상처도 많이 남았다.

　헤어지자고 먼저 말을 꺼낸 건 나였지만 사실은 헤어지고 싶지 않았다. 딱 하루가 지나니 후회가 밀려오기 시작했다. 이대로 지나가면 평생 후회할 것 같아서 용기를 내어 무작정 남자친구의 집 앞으로 찾아갔다. 그러나 막상 남자친구의 얼굴을 마주하니 도저히 입이 떨어지지 않았다. 붙잡았는데 거절당하면 어쩌지 하고 고민하는 사이 입이 얼어붙었다. 너무 수치스럽고 비참할 것 같았다. 이미 상처 난 마음이 더 쓰라릴 것 같아 겁이 났다. 결국 남자친구의 집 앞까지 찾아가 놓고는 세상 쿨한 척 마지막 인사를 건네고 뒤돌아서 펑펑 울면서 집에 왔다.

시간이 약이라 했던가. 뻔한 말이지만 시간이 지나니 자연스레 회복이 되었다. 남자친구가 없던 원래의 일상으로 돌아왔다. 그날도 평범한 아침이었다. 알람소리에 깨어 졸린 눈으로 핸드폰을 집어 자는 동안 쌓인 카톡부터 확인했다. 순간 눈을 의심했다. 아직 잘 떨어지지 않는 눈을 필사적으로 비비고 폰을 다시 보는데 전남자친구로부터 보이스톡 부재중 1통이 남겨져 있었다. 시간을 보니 새벽 1시 13분. 아, 평소엔 새벽 2시나 3시까지 깨어있으면서 왜 어제는 하필 일찍 잠든 거야. 타이밍 한번 거지같다.

유독 일찍 잠들어버린 어제의 나를 자책하는데 가슴이 두근거리기 시작했다. 왜 연락했을까, 무슨 말을 하려고 했을까, 혹시 다시 만나고 싶은 마음이 있는 걸까. 생각이 생각의 꼬리를 물자 궁금증과 설렘이 교차로 찾아와 록밴드 공연의 클라이맥스를 향해가는 드럼이라도 된 마냥 가슴이 쿵쾅거렸다. 다시 연락해보고 싶었다. 너무 물어보고 싶었다. 하루 종일 일이 손에 잡히지 않았다. 3개월이나 지난 일임에도 이토록 가슴이 뛰다니. 처음 겪는 경험에 신기할 따름이었다.

카톡을 열었다, 닫았다 반복하기를 2시간째. 이럴 바엔 그냥 질러보자는 마음으로 카톡에 들어간 찰나, 안 받으면 어쩌지 하고 초조해졌다. 그러자 연락하지 말아야 할 오만가지 이유가 떠올랐다. 고작 부재중 1통 남기고 더 이상 연락이 없는걸 보면 괜히 전화했다고 후회하고 있을 거라고. 새벽에 전화한 걸 보니 진심으로 다시 시작해보고 싶어서가 아니라 술 먹고 찔러보는 거라고. 이런저런 핑계를 만들다가 나중에는 하다못해 조카가 핸드폰을 가지고 놀다가, 아니면 핸드폰을 바지주머니에 넣고 있다가 잘못 눌린 건 아닐까 하는 우스꽝스러운 추측에까지 이르렀다.

문제는 전화를 받아도 여전했다. 나는 다시 만나보고 싶은 마음으로 연락했는데 상대방은 아닐 수도 있었다. 그때의 민망함은 누가 감당해주지. 수화기 너머에서도 느껴지는 당황함에 민망하게 전화를 끊는 모습이 머릿속에 그려졌다. 설마 결혼소식을 전해주려고 연락한

건 아닐까 하는 생각까지 뻗어가자 스스로도 어이없을 지경이었다. 두려움이란 감정은 참 대단한 능력을 갖고 있다. 사람의 상상력을 이토록 무한대로 증폭시켜주니 말이다.

예상 가능한 결말. 끝까지 연락하지 못했다. 이미 한 번 놓쳤던 이상형의 남자를 다시 놓치고 말았다. 헤어졌을 때 붙잡아보지 못했던 걸 두고두고 후회했으면서 이번에도 거절이 무서워 굴복하고 말았다. 도통 익숙해지지가 않는다. 매번 이겨내 보자고 다짐해놓고선 막상 중요한 순간이 오면 이 핑계, 저 핑계를 만들어 무너지고 마는 내가 한심하다가도 안쓰럽다. 그래도 제발, 다음번에 인생의 남자가 나타나면 그때는 용기를 내보기를. 거절당할 각오로 밀어붙여 보기를.

새큼달큼하다

유명한 사람의 강연이나 책을 보면 종종 하나의 문구가 그들의 삶에 지대한 영향을 미쳤다는 것을 보곤 한다. 수많은 책을 저술한 '성공학 연구자' 나폴레온 힐은 한 노인에게 들은 '똑똑한 젊은이'라는 말에 작가에 대한 열망을 키웠고, 후에 자신이 성취해낸 모든 업적이 그 노인의 한마디 덕분이었음을 밝혔다.

내게도 그런 단어가 하나 있는데 이처럼 긍정적인 의미는 아니더라도 인생 통틀어 가장 기억에 남는 단어임에는 틀림없다. 바로 '새큼달큼하다'라는 단어인데 조금 신맛이 나면서도 달착지근하다는 뜻이다. 이 단어는 내가 수능을 보던 당시 언어 영역 39번 문제의 정답이었다. 수능 당시, 이 정답을 찾아내고도 긴장한 나머지 마킹을 못하고 시험지를 그대로 제출하고 말았다. 그 결과 원하던 등급을 1점차로 받지 못했고, 가고자 했던 대학에서 떨어지게 되었다.

이 결과가 얼마나 비참했는지를 설명하기 위해 고등학교 시절 이야기를 잠깐 해보겠다. 중학교 때 나름 열심히 공부한 덕에 스카우트를 받아 타 지역으로 고등학교를 가게 됐다. 그러나 사교육을 전혀 받지 않았던 나에게 선행이란 거리가 멀었고 고등학교 첫 모의고사 점수는 참혹했다. 문제는 점수가 예상보다 나오지 않자 학교에서 말이 달라졌는데 애당초 구해주기로 했던 집조차 제대로 마련해주지 않아서 친구네 원룸에 잠시 얹혀살기도 했다. 덕분에 사회의 쓴맛을 일찍이 깨닫고 하루에 2-3시간만 자면서 악착같이 공부했다. 그런데 수능에서 1점차로 원하던 대학을 떨어지다니. 하늘이 무너지는 기분이었다.

자연스럽게 선택한 길은 재수. 지금까지 노력한 것

들을 헛되게 만들고 싶지 않았다. 이때도 두려움에서 자유로울 순 없었는데, 재수보다는 안전한 반수의 길을 선택한 것이다. 반수란 일단 성적에 맞는 대학에 등록한 상태에서 재수를 준비하는 일이다. 실패할 경우에는 등록한 대학을 그대로 다니면 되는 것인데 지금 와서 돌이켜보면 시작도 전에 실패할 걱정부터 하고 있었는지도 모르겠다. 그러나 이마저도 오래가지 못했다. 애초에 타오르던 의지와는 달리 시간이 갈수록 불안함이 나를 좀먹어갔다.

반수에 실패했을 때 두려운 일이 너무 많았다. 그중에서도 가장 컸던 부분은 기대를 걸었던 가족들에게 다시 한 번 실망감을 안겨줘야 한다는 사실이었다. 이미 공부 잘하는 자랑스러운 딸에서 주변 사람들이 입시 결과를 물어올 때마다 겸연쩍게 답하도록 만든 딸로 신분 하락을 맛봤는데. 반수까지 실패한 딸이 되고 싶지 않았다. 부모님께 다시 한 번 그런 창피를 겪게 할 자신이 없었다. 친하지 않았던 동창 친구들의 비웃음을 감수해야 하는 것도 자존심이 상했다. 타 지역에서 넘어온 나를 곱지 않은 시선으로 보는 친구들이 있었는데 수능을 망쳤을 때도 비아냥거리던 그 친구들에게 새로운 먹잇감을 주고 싶지 않았다.

친한 친구들은 살도 빼고 화장도 하고 예쁘게 꾸미면서 꽃다운 스무 살을 즐기고 있을 때 혼자만 공부하느라 살도 찌고 운동복 차림으로 있을 상상을 하니 퍽 서럽기까지 했다. 성인이 된 친구들이 당당하게 술집에서 술을 마시며 밤을 새울 때 독서실에서 외로이 에너지 음료를 마시며 밤새워 공부해야한다니. 이 얼마나 잔인한 일인가. 무엇보다 스스로가 두 번이나 성공하지 못한 실패자로 낙인찍히는 것을 견디기 힘들 것 같았다. 때로는 슬픔의 형태로, 때로는 분노의 형태로 모습을 바꿔가며 숨통을 조여 오는 두려움 앞에 무릎을 꿇고 말았다. 실패하는 게 무서워 아예 도전하기를 포기한 것이다. 그렇게 평범한 대학생의 삶으로 돌아가는 듯 했다.

문제는 여기서 끝이 아니었다. 내가 가진 미련의 크기가 생각보다 너무 컸다. 포기하고 나서도 매년 수능을 볼 시기가 다가오면 일주일 동안 같은 악몽에 시달렸다. 항상 똑같은 교실에서, 똑같은 문제지에 '새큼달큼하다'를 발견하고도 고치지 못한 채 괴로워하다가 깨는 꿈을 반복적으로 꿨다. 처음에는 나도 모르는 아쉬움이 많이 남았었다는 사실에 안쓰러웠다가 나중에는 나약한 모습이 한심해 한참을 울기도 했다.26살이 될 때까지 무려 7년 동안이나 이겨내지 못하고 같은 악몽을 되풀이했으니 얼마나 바보 같은 일인가.

나이를 먹어가면서 그때의 내가 반수에 성공했을 때만을 생각하며 앞으로 나아갔으면 어땠을까 생각하곤 한다. 그러나 다시 돌아간다 해도 다른 선택을 할 자신이 없다. 대가를 7년이나 치렀는데도 극복하지 못한 것이다. 나는 여전히 실패가 두렵고 마주하기 싫다. 다만 적어도 도전하기를 포기하게 만드는 두려움보다 도전하지 않아서 남는 미련과 후회가 더 클 수 있다는 사실을 깨달은 정도랄까. 시작이 반이라고 일단은 이 정도에 만족하기로. 7년에 걸쳐 깨달음을 얻었으니 7년에 걸쳐 실천해볼 수 있기를.

가까울수록 먼 사이

"나 늦는 거 싫어해."

나도 모르게 툭 튀어나온 말에 친구도 놀라고 나도 놀랐다. 약속시간에 20분이나 넘게 늦은 친구. 기다리면서 어떻게 하면 친구의 감정을 상하게 하지 않고 내 입장을 전달할 수 있을까 고민했던 것이 가장 멋없는 형태로 튀어나와 버렸다. 평소 싫은 소리를 잘 안하는 성격이라 생소한 모습에 친구도 당황하고, 늦을 만한 이유가 있었는지 먼저 물어본다는 게 덜컥 말을 뱉어버린 나도 당황한 나머지 잠깐의 정적이 찾아왔다.

이 친구로 말할 것 같으면 잊고 싶은 서로의 창피한 과거까지 굳이 기억할 정도로 막역한 20년 지기 친구다. 동네에서 편하게 만나는 사이라 시간약속에 대한 개념이 크게 없었는데 최근 들어 부쩍 친구가 늦는 경우가 많아지면서 슬슬 신경이 쓰이기 시작했다. 사실 약속 시간을 지키는 건 당연하게 요구할 수 있는 일인데도 이 친구가 소중한 만큼 사소한 일로 마음 상하게 하고 싶지 않았다. 이 정도는 감수하자고 모르는 척 넘어가곤 했었는데 이번에 터진 것이었다.

상황은 친구의 사과로 마무리되었지만 오히려 내가 계속해서 신경이 쓰였다. 먼저 사과할 생각이었는데 틈을 주지 않고 몰아붙였나. 본인도 참고 넘어가주는 부분이 있을 텐데 화가 났을라나. 나에 대한 마음이 상하긴 했겠지. 친구랑 조금이라도 멀어지면 어떡하지. 덜컥 겁이 났다. 어렸을 때는 싫다는 의사표현도 잘하고 그러다 다투기도 많이 했던 것 같은데 어쩌다 이렇게 된 걸까.

"겁이 많아져서 그래. 나도 말 못하고 넘어가는 부분이 많아." 안 되겠다 싶어 친구에게 이야기를 털어놓자 웃으며 답해주었다. 나이를 먹으면서 자기 속내를 편하게 드러낼 수 있는 친구가 줄어들게 되고, 그 친구들을 잃고 싶지 않다는 마음이 역설적으로 내 입장을 있는 그대로 전달하는 게 어려워지게끔 만든다는 것이다. 가까운 사이일수록 거리를 두게 된다는 기막힌 논리에 감탄할 새도 없이 친구의 마음이 전과 변함없다는 사실에 안도하기 바빴다. 말을 꺼내보길 잘했다고 스스로를 다독였다.

무엇이 나를 이토록 겁쟁이로 만들었을까. 근본적인 원인은 혼자가 되는 것에 대한 두려움이겠지. 모든 사람들이 인간관계에 그토록 고통 받으면서 벗어나지 못하는 이유도 같은 맥락이 아닐까. 가족, 친구, 배우자 어떤 형태로든 혼자가 아닐 수 있게 만들어주는 존재를 끊임없이 찾아나서는 것은 외로움을 마주할 자신이 없기 때문일 것이다. 기쁜 일이 생겨도 같이 나눌 사람이 없고, 스트레스 받을 때 같이 술 한 잔 기울여줄 사람이 없다는 것이 퍽 쓸쓸하기 때문일 것이다.

외로움을 완전히 극복한 것도, 좋은 인간관계를 유

지하는 만능 비결을 찾은 것도 아니지만 더 좋은 방향으로 나아가려고 노력하고 있다. 어린 아이가 처음부터 뛰지는 못하더라도 걸음마부터 시작해서 걷고 달릴 수 있게 되는 것처럼 발을 내딛는 중이다. 이번에도 멋없는 형태로 뱉어내긴 했지만 친구에게 말을 꺼내보고 진지한 대화를 통해 풀어가면서 가슴을 틀어막고 있던 감정의 변비가 없어지는 느낌이었다. 친구와 멀어지기는커녕 더 가까워지는 계기가 되기까지 했으니 쾌감마저 느꼈다. 앞으로도 가까운 사이일수록 멀어지지 않기를.

혼자에 익숙해지는 중

외로움에서 자유로울 수도, 인간관계에서 벗어날 수도 없다. 관계에서 오는 두려움에 지치는 날이면 극복하기보다는 쉬어가는 느낌으로 혼자만의 시간을 즐겨보려고 연습중이다.

이제는 혼밥이 하나의 트렌드가 되었다지만 나는 혼자 먹느니 차라리 굶고 말지라는 주의였다. 혼밥을 시작하게 된 건 26살. 전날 마신 술 때문에 숙취가 너무 심해서 해장국으로 수혈해야 하는 응급 상황이었다. 집에는 아무도 없었고 동네친구에게도 연락해봤으나 답이 없었다. 더 이상 친구들에게 연락해볼 힘도, 멀리 나갈 기운도 없어서 집 앞 5분 거리 해장국집에서 혼밥을 했다. 음식의 맛에 온전히 집중할 수 있다는 장점은 숙취로 고생하던 그때의 나에겐 사치였다. 그래도 살기 위해 전투적으로 흡입하던 모습을 누군가에게 보여주지 않았던 것은 다행이라고 생각한다. 그 후로 혼밥의 난이도를 차차 올려가는 중이다.

최근에는 지긋지긋한 코로나 덕분에 혼술도 하게 됐다. 술을 꽤나 좋아하면서도 밖에서든 집에서든 혼술은 절대 하지 않았다. 혼자서 마시는 게 처량하기도 하고 같이 먹어야 제 맛이라고 생각했다. 어쩌면 술 자체보다 술자리를 좋아했던 건 아닌지 착각하기도 했다. 진지하게 말하지만 난 술 자체를 좋아했다. 코로나가 장기화되면서 밖에서 마시기도 애매하고, 한창 심각했을 때에는 집에 친구를 초대해 마시는 것도 불안해졌다. 지쳐서 시작한 혼술은 신세계였다. 안주도 내 입맛에 맞춰 먹을 수 있고, 남들 눈치 안보고 내 속도에 맞춰 마실 수도 있었다. 아직도 여전히 사람들과 함께 먹는 술자리가 더 좋긴 하지만 피곤한 날이면 혼자서 술을 즐기기도 한다.

이제야 걸음마를 떼기 시작한 것 같은데 내 주변에는 유독 달리고 있는 사람들이 많다. 혼자 뮤지컬도 보러 다니고, 패밀리 레스토랑에도 가고, 여행을 가서 추억을 남기고 오는 고수들이 너무 많다. 아직은 하수에 불과하지만 언젠가는 그들처럼 고수가 되는 그날을 기대하며. 혼자 있어도 쓸쓸하지 않은 그날이 오기를 기대하며. 오늘도 혼자에 익숙해지는 연습을 한다.

퇴준생

퇴사를 결심했다. 나이가 많다는 이유만으로 반말을 섞어가며 하대하는 동료도, 귀찮다고 처리할 줄 모르는 척 자신의 일을 매번 떠넘기는 실장도 다 진절머리가 났다. 밥 먹을 시간도 없이 빡빡한 일정을 소화한 날이면 집으로 돌아와 허겁지겁 야식으로 배를 채우곤 했다. 먹고살자고 하는 일인데 제때 밥도 못 먹고 건강을 해치면서까지 일을 하는 게 무슨 의미가 있나 싶어 회의감이 들자 내일은 꼭 사직서를 내야겠다고 다짐했다. 우습게도 그 다짐은 실현되지 못한 채 1년째 이어지고 있다.

직장인 1000명을 대상으로 한 설문조사에서 응답자 중 무려 80.6%가 퇴사를 고민한 적 있다고 응답했다고 한다. 지인들의 이야기나 인터넷 커뮤니티만 훑어봐도 크게 놀라운 수치는 아니다. 퇴근하고 술 한 잔 걸치는 날이면 하루 종일 쪼아대던 상사에게 멋들어지게 사직서를 내고 미련 없이 회사를 나오는 행복한 상상이 맛있는 안주거리가 되곤 한다. 나 또한 여전히 퇴사를 꿈꾼다. 다들 마음속에 사직서를 품고 있으면서도 퇴사를 못하는 이유가 뭘까.

퇴사를 고민하는 이유는 저마다 다르겠지만 못하고 있는 이유는 비슷하다고 생각한다.「부자아빠 가난한 아빠」의 저자 로버트 기요사키는 책에서 그 이유가 두려움에서 비롯된다고 말한다. 전적으로 동의한다. 퇴사를 결심할 때마다 온갖 걱정과 불안이 몰려와 확고했던 마음을 흐지부지하게 만든다.

당장 일을 그만두면 공과금과 카드 값은 누가 내주지. 맛집에 들어서서 메뉴판의 메뉴가 아니라 가격을 먼저 보게 되는 궁색한 인간이 되고 싶지 않다. 친구들과 만날 때마다 더치페이가 부담스러워져 자리를 피하는 모습도 상상하기 싫다. 뒤처지는 느낌도 지울 수 없다. 주변 친구들은 좋은 차를 타고 내 집 마련에 가까워지고 있는데 백수라니. 다들 미래에 대한 준비를 착실히 하는 와중에 나만 길을 잃고 헤매는 느낌이랄까.

이직 또한 쉽지 않다. 경험상 어느 조직이나 모임을 가도 적정 비율로 진상은 존재한다. 진상을 피하러 새로운 회사에 들어갔는데 더 큰 진상을 만날 수 있다니. 너무 끔찍하고 무서운 일이다. 지금 회사만한 조건의 회사를 찾을 수 있을지도 미지수다. 설사 더 좋은 조건이 있다고 해도 합격할 수 있을지, 그 곳에서 잘 적응할 수 있을지 의문투성이다. 생각하면 끝도 없이 나오는 이유들. 해보지도 않고 걱정만 늘어간다.

그럼에도 퇴직을 준비하는 퇴준생이다. 가장 큰 준비는 마음의 준비라는 것을 잘 안다. 퇴사를 한다고 당장 끼니를 때울 때마다 손을 덜덜 떨게 되지도 않고, 이직을 할 만한 괜찮은 조건의 회사를 어렵지만 찾아낼 것이라는 것을 안다. 물론 배달음식을 시켜먹을 때 한번 고민하던 것을 두세 번 고민하게 되고, 립스틱이 다 닳아 바닥이 보일 때까지 새로운 립스틱을 사지 않게 되겠지만 말이다. 걱정되는 일들을 뒤로하고 마음의 여유만 찾으면 인생은 어떻게든 살아가진다.

망설여질 때면 퇴사한 나의 모습을 상상하기도 한다. 알람소리에 힘겹게 일어날 필요도, 친구들과의 모임에서 내일을 생각하며 적당히 몸을 사릴 필요도 없는 자유. 밤새워 보고 싶었던 드라마를 정주행하고 시간에 쫓기지 않고 느긋하게 은행 업무를 보는 상상에 행복해진다. 그러다가도 다시 조급해져오면서 갈피를 못 잡고 바람에 흔들리는 갈대가 된다. 하아, 아직은 두려운 마음이 크지만 언젠가 용기 내어 퇴사하는 그날이 오기를 기대하며 꾸준히 준비해본다.

에필로그

    햇살이 가득 들어오는 아늑한 카페에 앉아있다. 아이스 아메리카노를 한 모금 들이키면 고소한 풍미가 퍼지면서 머릿속이 맑아진다. 이내 노트북으로 한 글자, 한 글자 정성들여 적어나간다. 이때 검지로 안경을 한번 추켜올리는 게 포인트. 드라마에서 본 듯한 이 장면은 내가 꿈꾸는 작가의 모습이자 글쓰기를 좋아하게 된 이유이기도 하다.

    글쓰기를 좋아한다. 하루를 마무리하며 기쁘거나 속상한 일을 일기에 적을 때도. 사랑하는 연인에게 달콤한 말로 가득한 편지를 쓸 때도. 대학시절 미루고 미루다 급하게 리포트를 써낼 때도. 친구와 다투고 나서 사과의 마음을 담아 장문으로 카톡을 보낼 때도. 글을 쓸 때면 언제나 즐거운 마음으로 기쁘게 임했다. 작가에 대한 꿈을 키우지 않을 이유가 없었다.

좋아하는 마음만으로는 부족했다. 글쓰기를 업으로 삼기엔 능력이 턱없이 부족하다는 것을 알았다. 노력하기보다는 두려움의 그늘 아래 숨는 것을 택했다. 어느 순간부터 글쓰기가 애증의 대상이 되었다. 좋으면서도 부담으로 다가왔다. 그러다 좋은 기회를 발견했다. 고민하게 되면 도망갈 것 같아 '책쓰게'에 덜컥 신청해버렸다. 취소가 안 되니 어쩌나. 자의 반, 타의 반으로 책 쓰기에 도전했다. 어떻게든 해내려고 노력하자 글이 완성되어 있었다. 인생 통틀어 두려움과 제대로 마주한 의미 있는 시간이었다.

두려움은 '과거에 겪은 경험이나 선천적으로 느끼는 불안감이 극대화되면서 뇌에서 전달되는 신호가 신체를 지배하는 감정'이라고 한다. 신체를 지배할 만큼 강력하다니 새삼 대단하다고 느낀다. 중요한 발표를 앞

두고 화장실을 가고 싶어지는 것도. 공포영화를 보고 소름이 돋는 것도. 집에서 잔다고 하고 클럽에서 놀다가 애인에게 들켜 얼굴이 하얗게 질린다는 것도 다 실제로 말이 되는 이야기였던 것이다.

다행인 것은 불안은 본래적 감정으로 선천적으로 가지고 태어나는데 반해 두려움은 비본래적 감정으로 후천적으로 만들어진다고 한다. 즉 우리가 만들었으니 극복할 수도 있다는 것이다. 이론상 그렇다고 해도 말이 쉽지, 두 가지를 명확하게 분리해 자연스럽게 극복할 수 있는 사람은 없을 것이다. 나만 해도 이미 두려움 앞에 굴복한 순간들이 많지 않았는가.

그래도 이제는 발버둥 쳐보려고 한다.

필름이 끊긴 다음날의 공포를 알면서도 다시 술을 마시는 것처럼. 헤어지고 나서의 아픔을 알면서도 다시 사랑을 시작하는 것처럼. 실패가 두려우면서도 계속해서 도전할 거리를 찾아내는 것처럼. 관계 속에서 상처받으면서도 이어나가려고 노력하는 것처럼. 아직은 익숙하지 않아도 혼술의 재미를 알아가는 것처럼. 실천하지는 못해도 매일 진심으로 퇴사를 다짐하는 것처럼. 글쓰기에 대한 부담을 이겨내고 책 쓰기에 성공한 것처럼.

불안하지만 두렵진 않은 겁쟁이가 되어보려고 한다.

물 듦

.
.
.

자칭 사랑론자.

세상을 돌아보다가 사람이 사는 이유는

무엇일까 고민했다. 진부하지만 '사랑'이다.

더 사랑하고, 더 사랑받기 위해 우리는 살아간다.

삶은 '사람들과의 사랑' 때문에 죽도록 고달프고 미치도록 행복하다.

감히 누군가의 삶에 영감이 되고 싶어 교사를 꿈꿨다.

지금도 세상 어딘가에서 고무자를 꿈꾼다.

thinkfeellove@naver.com

두 번의 스물아홉

1장
《 흑백 무지개 》

무제

    나는 걷는 것이 아니라 기어가고 있었다. 그에게 살려 달라고 빌고 싶은 심정이었다. 그러더니 갑자기 나를 확— 내팽개치는 것이 아닌가. 나는 그대로 쓰러져 계속 숨을 헐떡거렸다. 입안이 바싹 말랐는데 위액의 맛이 느껴지는 듯했다.

    '무엇이 나를 여기, 이곳까지 이끌었을까.'

을

눈이 부신다. 7월의 뜨거운 햇살이 내 방의 큰 창을 통해 허락도 없이 들어와 나를 깨운다. 언제 잠이 들었는지 기억도 나지 않았다. 내 가슴 위에는 책 한권이 펼쳐져 있었다. 한 면이 모두 창인 나의 자취방이 과분하다 싶을 정도로 참 좋았다. 창문 없는 고시원 방의 기억 때문이었을까. 나는 스물아홉, 이 자취방에서 가까운 학교에 기간제교사로 근무하고 있었다. 그 전에는 노량진 고시원에 살았다.

나는 대학이 아니라 '대학원'을 4년 만에 졸업했다. 대학원은 '교사'란 나의 오랜 꿈을 이루려고 들어갔다. 졸업과 함께 교원자격증을 받고 임용고시를 합격해 교단에 서고 싶었다. 그래서 노량진 고시원에서 졸업논문을 준비하며 임용고시 공부를 병행하고 있었다.

논문지도 교수님은 늘 초시계를 켜놓고 10분이면 10분, 15분이면 15분 그 이상은 만나주지 않았다. 내가 가져가는 논문 주제마다 퇴짜를 놓으셨다. "이렇게 할 거면 지도교수를 아예 바꾸라"고 말했다. 빨리 임용고시를 준비해야한다는 생각에 성급히 지도교수 변경을 신청했다. 그리고 일이 터졌다.

당시에 나는 '갑'과 '을'이 무엇인지 몰랐다. 나에 겐 학생이 감히 지도교수를 바꾸었다는 죄목이 달렸다. 변경신청을 받은 교수님 포함 모든 교수님들 그 누구도 나를 맡아주지 않았다. 아무도 곤란한 상황에 관여되고 싶지 않았을 것이다. 대신 내게 '갑'과 '을'의 의미에 대해서 친절히 설명해주었다. 졸업을 할 수 없으면 꿈을 향해 달릴 수 없었다. 온몸을 부르르 떨며 교수님을 찾아갔다. 그리고 아이처럼 울면서 용서해달라고 사죄를 했다. 그녀는 내게 나 같은 사람은 사회에서 '매장' 당해야 한다고 말했다.

노량진 고시원에는 아침마다 수십 명의 휴대폰 알람이 시끄럽게 울린다. 나는 귀를 틀어막고 잠을 잤다. 모두가 잠든 밤이 되면 일어나 매일 라면 1개를 주식으로 삼으며 꾸역꾸역 소화시켰다. 공용샤워장도 가지 않았다. 머리를 감지도 몸을 씻지도 않았다. 당장의 '꿈' 문제보다 '그 질책 그대로 나는 가치 없는 존재인가'란 질문을 매일 스스로에게 던졌다.

나는 나에게 참 박했다. '삶이 그동안 평탄하기 그지없었구나? 이런 사소한 실패와 비난에 무너지다니. 이 세상에 삶이 고달프고 어려운 사람들이 얼마나 많은데!'란 생각을 하면서 나의 좌절을 스스로 비난했다. 그리고 그 즈음 나를 오랫동안 사랑한 줄 알았던 사람에게 배신당했다. 그 배신을 받아들이지 못했다. 그를 용서하면 우리 사이에는 아무 일도 없을 것 같았다.

방문만 닫으면 어둠이 되는 곳에서 나는 나를 '매장'시켰다. 빛이 들지 않아 24시간 밤일 수 있는 고시원 방은 꼭 창이 없어서 어두운 밤인 것은 아니었다.

공감해줄 사람이 아무도 없을 것 같아서, 소수를 제

외한 나머지의 연락을 철저히 거부하며 2년을 보냈다. '보냈다'는 표현은 적절치 않다. 그 시간은 내게 멈추어 있었고, 타인들에게만 흘렀다. 학과장님의 도움으로 논문을 마쳤고 2년간 누적한 인생 최대의 몸무게 갱신과 함께 졸업을 했다. 그리고 나는 스물아홉이 되었다.

어떻게 해서든 생산적인 일을 해야 살 것만 같았다. 그래서 당장 비정규직의 삶을 택했다. 20년간 유지했던 학생이 아닌 신분으로 돈을 벌기 위해 사회에 첫발걸음을 내딛었다. 그리고 기간제교사 채용계약서를 받았다. 종이는 흰색, 글씨는 모두 검정색이었지만, 많은 글자 중에 '갑'과 '을'이 유난히 선명하게 보였다. 나는 여전히 그리고 분명히 '을'이었다.

무지개

고시원을 나오던 마지막 날, 짐을 모두 빼내고 나니 방 곳곳에 곰팡이가 보였다. 잠자리에 들 때 머리를 두는 방향에 걸린 가방 뒤쪽 벽면에는 축구공만한 크기로 시커먼 곰팡이가 가득했다. 날숨과 들숨을 통해 그것이 내 몸 어딘가로 들어왔겠지. 아마 기생하기 좋은 환경이었을 것이다. 사람의 내면 어딘가는 그늘지고 축축한 곳이 있을 테니까.

이로부터 약 10년간 매해 겨울마다 약속이나 한 듯 오른손의 엄지와 검지사이에는 10원짜리 동전만한 크기로 피부가 빨갛게 달아올랐다. 정말 간지러웠고 무의식적으로 긁다보면 쓰라리고 아팠다. 그 손을 볼 때마다 고시원에 도착한 첫날이 떠올랐다. 눈이 오던 날, 이불을 머리에 인 엄마와, 양손에 두툼한 전공 책을 든 아빠가 노량진 고시원으로 걸어가던 뒷모습이 생생했다.

스무 살부터 한 해도 빠짐없이 아르바이트를 하며 큰돈은 아니지만 내 손으로 용돈을 벌어왔다. 집안의 도움을 받기 어려워서는 아니었다. 우유배달, 포장마차로 시작하며 피땀 흘려 고생한 부모님, 청춘을 고스란히 자식을 위해 희생하고도 조금의 후회가 없는 그들을 보면서 그저 내 마음 속에 자리 잡은 미안함과 최소한의 양심의 표현이었다.

20대의 나는 꽤 열심히 살았다고 믿었다. 경제적 가장인 아빠가 집을 떠나 없는 동안은 더 이를 악물고 공부해서 전액장학금을 받았다. 아르바이트로 모은 돈과 부모님의 도움으로 어학연수도 갔다. 그곳에서도 아르바이트를 하며 아낀 돈으로 세상의 이곳저곳을 밟아봤다. 지금의 20대에게는 꽤 흔하고 쉬운 경험들이겠지만, 종이지도를 들고 여행을 다니던 시절이었으니 당시의 나에게는 큰 모험이었다. 한국에 돌아와서는 봉사활동에 참여했다.

이력서의 한 줄 한 줄을 채우기 위해서, 혹은 누군가를 앞질러 나가고 싶어서도 전혀 아니었다. 그저 답답하던 10대의 마침표를 찍으며 꿈에 그리던 20대를 여러 색으로 채색하는 과정이었다. 내 몸에 무지갯빛 피가 흐르는 것 같았다.

스물아홉, 기간제교사가 되어 100만 원대 첫 월급을 받았다. 1원도 남기지 않고 전부 부모님께 드렸다. '비정규직'이라서 미안하다고 손 편지도 썼다. 문득, 내 자신을 물끄러미 보았다.

'나는 지금까지 무엇을 이루었을까?'

1~2년 전부터 유행하기 시작한 카카오톡에 친구들 프로필사진이 보였다. 우리나라 최고의 대기업에 근무하거나, 공무원 시험에 합격하거나, 몰라보게 예쁘고 멋진 모습으로 해외를 여행 다니거나, 드레스나 턱시도를 입고 결혼을 하거나, 세상 귀여운 아이를 낳고 기르며 살고 있었다. 나의 삶은 그들과 일치하는 것이 없었다. 우연일까?

마치 나는 하나도 이룬 게 없는 것 같았다. 모두가 책장을 넘겨 다음 장으로 넘어간 것 같은데, 나만 앞 장에 갇혀 있는 듯했다. 노트북을 켜고 인터넷에 접속하는 수고스러움 없이 스마트폰 화면만 밝혀도, 내가 원치 않아도 자연스럽게 노출되는 타인의 삶과 나를 무의식적으로 비교하고 있었다. 나와 타인을 비교하는 것을 혐오하면서도, 그 누구보다도 '적극적인 비교'를 하고 있던 건 다름 아닌 바로 내 자신이었다. 20대를 어떤 색상으로 채색했건 그건 과거일 뿐, 모두 흑백사진이 된 것 같았다.

아무 것도 이룬 것 없는 스물아홉이 지나치게 무겁게 느껴졌다. 20대를 어떻게 마무리해야 할지 막막했다. 나는 서른을 맞이할 준비가 되지 않았다.

배신

출근하는 길이었다. 교무실 앞에 학년부장님이 우락부락한 얼굴로 팔짱을 낀 채 누군가를 기다리고 있었다. 나를 보자마자 낮은 목소리로 빈 회의실로 따라오라고 했다. 하루 전날, 고3 수시접수가 한창이던 때, 아이 두 명이 전문대 영어면접을 도와달라고 요청해왔었다. 5층에서 2층에 있는 내게 내려온 걸 보면 3학년 선생님들이 얼마나 바쁠까 싶어 열심히 도와줬었다. 부장님은 본인이 수시접수로 바빠 수학수업에 들어오지 않자 아이들이 허락도 없이 교실을 이탈했다는 것을 지적했다. 그는 내게 어떻게 그런 아이들을 도와줬냐고 그야말로 '혼'을 냈다. 마치 허락받지 않고 야간자율학습을 도망친 학생이 된 기분이었다.

고개를 푸―욱 숙인 채 오직 "죄송합니다"라는 말을 계속 반복했다. 6개월 차 신규교사라 모르는 것이 많았고, 아이들에게 이 시간에 내려와도 되냐고 물었는데 '네'라는 대답을 받았다는 것은 그에게 전혀 중요치 않았다. 그의 표정에서 만족스러움이 느껴졌다. 충분히 나를 혼낸 만족. 교무실의 내 자리로 돌아왔다. 앞자리의 선생님이 혼잣말인 듯 조용히 속삭였다.

"어휴… 아니 가방이라도 내려놓고 사람을 부르지. 고마워하지는 않을망정."

눈물이 날 것 같아 종일 어금니를 꽈―악 깨물었다. 퇴근해 자취방에 누웠다. 눈물이 양쪽 귀까지 닿아 귓바퀴가 미로인양 헤매고 있었다는 걸 느꼈다.

때로는 노력의 결과가, 때로는 진심의 대상이 나를 배신한다. 그러나 열심히 산다는 것, 최선을 다 한다는 것, 진심을 다 한다는 것, 그러면 그만큼 결과로 돌아올 것이라는 단단한 믿음, 이것은 스물아홉인 나에게 당연한 이치였다. 또한 '바쁘다＝열심히 산다'는 잘못된 공식을 삶에 적용시켰다. 그 공식은 나를 미친 듯이 바쁘게 만들었고, 바쁘지 않으면 살아 있지 않은 것처럼 느꼈다. 공부, 일, 인간관계에서 즉 삶에서 열심히 최선을 다 하면 반드시 진심이 통할 것이라고 신뢰했던 시간이었다.

　　나는 남보다 일찍 출근해서 남보다 늦게 퇴근했다. 고3 아이들이 야간자율학습 중에 질문하러 올까 싶어 수업준비를 하며 밤 11시에 퇴근하는 걸 일삼았다. 한번은 자정까지 있다가 학교 정문 담을 넘어 퇴근하기도 했다.

　　당시에 나는 일로써 스스로를 혹사 시키지 않으면 살 수 없었다. 이 자취방에 오기 전, 고시원에서 나를 오랫동안 사랑한 줄 알았던 사람에게 배신당했다. 하지만 당장의 꿈을 위해 그 어느 것도 할 수 없었던 무기력 속에서 내가 믿었던 사람이 돌이킬 수 없는 실수를 했다는 것을 인정하지 못했다. 감당할 수 없는 우뇌의 테러를 막고 싶었을 것이다. 상대방이 한 잘못의 원인을 내 잘못으로 돌리고 그를 이해하고 용서하는 것이 사랑이라고 오해했다. 아니, 오해하고 싶었다.

사람은 때로 누군가와의 인연이 끝에 도달했음에도 그리고 그걸 분명히 자신이 아는데도 인정하지 않은 채 세월의 멱살을 잡아끌고 엉금엉금 걸어가곤 한다.

나는 더 이상 깜깜한 고시원에 살고 있지 않았다. 해가 쏟아지는 자취방에서 문득 '용기'가 생겼다. 흘려보낸 20대를 돌아보니 과연 나 또한 정말 사랑이란 걸 한 걸까 싶어서 자괴감이 들었다. 사랑도 연애도 공부처럼 일처럼 최선을 다하면 되는 줄 알았던 것 같다. 그 자괴감을 이겨낼 '용기'가 생겨 헤어짐을 택했다. 택했다는 표현은 어찌 보면 맞지 않다. 그제야 인정했을 뿐이다. "헤어져요"라는 말을 발화했다고 항상 그 발화자가 이별을 택한 것은 아니다.

아침에 눈을 뜨니 세상의 공기가 다른 냄새를 하고 있었다. 햇빛과 일중독이 부추겼던 용기, 자괴감을 이겨낼 용기는 어느새 자취를 감췄다. 결국 아침이면 도망치듯 자취방을 나와서 일터로 갔고, 밤 11시에 퇴근하면 곧장 방 앞에 있는 카페에 가서 수업준비를 했다. 수업

준비마저 끝나면 남은 시간에는 닥치는 대로 책을 사서 읽고 또 읽었다. 책은 신간을 위주로 보며 평소에 관심이 있건 없건 조금이라도 제목에 흥미를 느끼면 일단 구매를 했다. 책은 나의 유일한 친구였다.

새벽 1시가 되어 카페가 문을 닫으면 자취방에 들어와 쓰러지듯 잠에 들었다. 몸을 덜 혹사시킨 날엔 혹시라도 바로 잠들지 못할까 두려워 수면유도제를 먹었다. 이렇게 해야만 했다. 조금의 '틈'만 준다면 난 곧장 어린아이처럼 울어버릴 것 같았다. 울어버리면 내 감정이 와르르 무너질 것 같아서 두려웠다.

바로 이때 나는 다짐했다.

이 감정을 덤덤하게 받아들일 준비가 될 때까지 감히 소리 내어 울지 않겠다고. 나 자신을 마주하지 않겠다고. 나는 나를 배신했다. 나에게 '슬퍼할 자유' 조차 허락하지 않았으니까.

2장
《 어떤 여행 》

책

어느 늦은 금요일 밤, 나는 역시 카페에 앉아 있었다. 한참 책을 읽고 있는데 늘 그렇듯 직원분이 조심스럽게 다가온다.

'아! 벌써 새벽1시? 마감시간이구나.'

'이 책.. 집에 가서 마저 읽어야겠다!'

… …

눈이 부신다. 눈곱 때문에 잘 떠지지도 않는 눈의 틈을 기어코 비집고 동공으로 들어오는 햇살에 눈이 부셨다. 카페에서 돌아와 분명 책을 읽고 있었는데 이미 토요일 아침이다. 무릎까지 오는 곤색 스커트에 흰색 블라

우스, 출근했던 복장 그대로 잠든 모양이었다.

'아.. 맞다! 책!' 성급히 책을 집어 들었다.

'어디까지 읽었더라...'

책을 미처 다 읽지 못하고 잠에 들어버린 나를 자책하며 퇴근 복장 그대로 누운 채, 펼쳐진 책을 집어 들었다. 단순히 '스물아홉'으로 시작하는 책 제목에 끌려 주문한 신간인데, 첫 장을 펴고 마지막 장까지 단 한 번도 책을 덮지 못할 정도로 나를 빨아들였다. (비록 피곤해 잠이 들었지만)

'이게 실화란 말이지?'

책의 주인공은 나와 동갑이었고, 나를 닮아있었다. 그녀는 애인도 친구도 없는 파견직 직원이며 3평짜리 원룸에 살고 있었다. 그곳에서 스물아홉 생일을 혼자 보낸다. 편의점 조각케이크와 함께. 그러다 조각케이크 위에 있는 딸기를 바닥에 떨어트리고 만다.

"안 돼!" 너무 순식간이라 손 쓸 틈도 없이 딸기가 바닥에 뒹굴었다. 나는 반사적으로 손을 쑥 뻗었다. '바로 주우면 먹을 수 있어.' 딸기를 집어 들고 입으로 후후 불다 보니 크림 범벅이 된 딸기에 긴 머리카락 한 올이 달라붙어 있다. '괜찮아, 괜찮아, 씻으면 돼.' 나는 스스로 최면을 걸며 싱크대로 달려갔다. 허리를 구부리고 수도꼭지를 트는 순간, 갑자기 마음의 끈이 끊어졌다.

<스물아홉 생일 1년 뒤 죽기로 결심하다. 中>

그녀는 이 날 스스로 1년의 시한부 인생을 선고하고 서른이 되는 날 화려한 라스베이거스에서 죽자고 결심한다. 끝이 있어서 일까. 그녀는 스물아홉 내내 무작정 새로운 일에 도전하며 살아간다.

「스물아홉 생일, 1년 뒤 죽기로 결심하다」란 신간이 나온 그 해에, 나는 '첫 번째' 스물아홉을 살고 있었다. 1월생이라 학교를 일찍 들어갔다. 그래서 친구들이 모두 스물아홉이었고 나도 그들의 시계에 맞춰 살게 되었다. 그런데 사회에 나가니 몇 학년, 몇 학번이 아니라 몇 년생이냐고 물어왔다. 분명 스물아홉으로 한 해의 반을 넘게 살고 있었는데 사회에서 마주친 사람들은 나를 스물여덟로 여겼다. 억울하고 혼란스러웠다. 이제 정말 내 시계에 맞춰야 했다. 그러기 위해선 내년도 스물아홉으로 살아야 한다는 것을 알게 되었다. 그렇다면 대체 두 번째 스물아홉은 어디서, 무엇을 하며 살아야 하지?

　책의 주인공처럼 살 자신은 없었다. 하지만 적어도 새로운 내가 되고 싶었다. 그녀가 죽고자 계획한 것도 결국은 '새로운 나'로 다시 태어나고 싶어서이지 않았을까. 고작 책 한권이지만 그녀의 삶을 통해서 나를 새롭게 평가하려고 했다.

　'혼자'라는 것은 세상 어디라도 떠날 수 있는 '자유'로 해석하고, 또 '비정규직'이라는 것은 어디에서든 무엇이든 될 수 있는 '가능성'으로 인식하려 노력했다. 그러자 느닷없이 심장이 '쿵쾅쿵쾅' 거렸다. 나의 20대의 마지막이 '무한한 가능성 범벅'이라는 사실에 당황스러웠던 것일까.

비

　여름방학이 다가왔다. 보충수업을 빡빡하게 하고도 주어지는 대략 열흘간의 방학을 어찌 보내야 할지 몰라 고민하다가 급히 영국행 비행기 표를 샀다. 20대 초반, 어학연수를 하고 배낭여행을 다니던 때에 모든 것이 새롭고 놀라웠던 곳, 런던. 그곳에서는 모두가 나를 'Sue'라고 부르곤 했다. 혹시 그곳에 가면 그때의 기분을 다시 느낄 수 있을까? 런던에는 어학연수 시절 돌봤던 터키인 아이들의 가족과 또 다른 한국인 친구가 있었다. 그들을 만나러 비행기에 올라탔다.

　효과가 있었다. 런던 땅에 내 오른발이 닿는 순간, 잠시 한국을 잊는 듯했다. 그리고 Sue가 되었다. 터키인

가족들은 여전히 나를 Sue라고 불러주었다. 북적이는 거리의 식당에서 유럽햇살을 쬐며 내 몸은 광합성을 했다. 런던에서 기차를 타고 친구와 파리여행도 갔다. 20대 초에 배낭을 메고 돌아다니던 그곳이 새로울까 싶었지만 새삼 낭만적으로 다가왔다.

거의 매일 밤, 나와 친구는 값싼 와인을 한 병 사서 가방에 넣고 에펠탑으로 갔다. 근처 강가에 앉아 에펠탑의 조명이 완전히 꺼져 파리에서 사라지게 되는 새벽까지 와인을 마셨다. 어느 날은 비가 부슬부슬 내렸다. 에펠탑에서 숙소까지 꽤 거리가 있어서 택시를 탈 수도 있었지만, 나는 그냥 비를 맞기로 했다. 길에는 음악을 틀어둔 채로 손을 잡고 춤추는 남녀 한 쌍이 보였다. 걸을수록 밤이 깊어져 사람은 보이지 않았다. 파리에는 나와 친구뿐인 것 같은 착각이 들었다. 그저 말없이 골목길을 걷는 것뿐인데 내가 파리 배경의 한 영화의 주인공 같다는 상상을 했다. 온 몸이 젖은 채로 2시간 만에 숙소에 도착했다. 비가 나의 수액이었던 것처럼 왠지 기운이 조금 났다.

꿈

`

한국으로 돌아와 드디어 친구와 '약속'이란 걸 잡아 보기로 작정한다. 그것도 유난히 북적이는 홍대에서, 금요일 밤에. 그 친구는 나에게 놀라운 제안을 한다.

우리는 해외봉사활동에서 만난 사이였다. 우리가 활동하던 곳은 전기가 없는 마을이라, 밤이 되면 별빛 아래 노래를 부르거나 이야기를 하곤 했다. 음치인 나는 노래보단 이야기를 택했다. 아마도 그때 "나는 다시 태어나면 뮤지컬배우가 되고 싶어"라고 말했던 것을 그 친구가 기억한 모양이다.

"뮤지컬 배우가 되어보지 않을래?"

내가 사는 지역에는 평범한 시민이 배우가 되어보

는 첫 시민뮤지컬을 기획하고 있었다. '뮤지컬배우'란 꿈을 다음 생이 아닌 이번 생에 단 하루라도 이뤄보면 어떨까 싶어 지원했다. 극본은 그곳에 모인 사람들의 고민, 꿈, 힘듦을 바탕으로 새롭게 창작되었다. 아내가 떠나고 아이들과 남겨진 아빠도, 운동선수를 꿈꾸다 번 아웃 되어 집에만 박혀 있던 청년도, 진짜 꿈은 포기한 채 돈을 쫓아 다른 일을 하던 중 실연의 아픔을 겪고 찾아온 이도 있었다. 어떤 이야기가 담긴 극본을 받게 될까 설레었다. 손꼽아 기다리던 그 날이 왔다.

　내 손에 든 극본의 표지에는 커다랗고 굵은 글씨로 「어떤여행」이라고 쓰여 있었다. 짧고 굵은 네 글자였다. 한참을 넋 놓고 제목을 바라보다 망설이며 첫 장을 넘겼다. 종이는 흰색, 글씨는 모두 검정색이었지만, 그 극본은 알록달록 무지갯빛으로 가득 차 있었다.

　이야기는 주인공 남녀 한 쌍과 치매에 걸린 노인, 이렇게 세 명을 제외하고 단역으로 이루어져 있었다. 주인공을 선발하기 위해 노래오디션이 있었는데, 노래연습은 카페에서 할 수가 없으니 어쩔 수 없이 혼자 자취방에서 열심히 음치임을 뽐냈다.(지금 생각해보니 옆방 사람들에게 미안하다.) 나는 당연히 단역을 맡았다. 그것도 감지덕지였다. 내 역할은 치매에 걸린 엄마가 길을 잃었다 돌아오자 감정에 복받쳐 화를 내는 딸이었다. 실제로 엄마에게 화내고 짜증내던 내 모습이었다. 이 역할을 위해 평생을 연습한 걸까? 주말이면 그리고 평일에도 일을 마치고 모여서 무대에서 출 춤과 합창을 연습하고 대사를 읊었다.

나는 더 이상 퇴근하고 카페에 가지 않았다. 자취방에서 매일 같이 대사를 연습했다. 잠꼬대를 할 수 있을 정도로. 출퇴근하는 차안에서 운전을 하며 나도 모르게 목청이 터져라 합창 노래를 부르고 또 불렀다.

"여행을 떠나본 적 있나요? 더 이상 망설이지 말아요."

⟨어떤여행⟩ 뮤지컬 주제곡 中

나는 이미 알고 있었다. 내가 두 번째 스물아홉을 위해 '어떤여행'을 떠날 것이라는 것을. 뮤지컬 공연 날이다가오기 전에 영국체류비자를 발급받는 서류를 작성하고 있었다.

화

핀 조명이 나를 비췄다. '심장이 터질 것 같다'는 딱 이럴 때 쓰는 표현이구나 싶었다. 500명이 넘는 관객이 있었다. 좌석이 부족해 계단까지 사람들이 촘촘히 앉아 공연을 보았다. 1000개가 넘는 눈이 나를 바라본다. 그 중에는 나의 부모, 나의 학생들, 나의 친구들도 있었다. 머릿속이 텅 비었다. 무슨 말을 하고 있는지도 모르는데 나는 분명 무대에서 울부짖고 있었다. 몸속에 있던 이름을 알 수 없는 감정이 나를 대신해 대사를 읊고 있는 것만 같았다. 내 목소리는 몸 밖으로 크게 터져나갔다. 나는 마치 극중 엄마가 아닌 나에게 화를 내고 있는 것만 같았다.

그렇게 공연이 끝났다. 환호성과 박수소리가 들려

왔다. 모두가 무대로 나와서 마지막 커튼콜을 할 순서였다. 관객을 향해 인사를 하려고 양 옆 배우의 손을 잡았다. 그들의 손은 땀으로 가득해 축축했다. 그리고 아플 정도로 내 손을 꽈—악 잡았다. 나는 양손을 번쩍 들어 올렸다. 그리고 관객을 향해 마지막 인사를 했다.

　이제는 나만의 '어떤여행'을 떠날 차례였다.

3장
《 바람결 》

스물아홉

런던은 쌀쌀했다. 서늘한 바람과 적당한 추위가 그곳의 낯설음을 더 짙게 했다. 차라리 한국처럼 살결에 느껴지는 추위가 가슴속을 덜 시리게 할 것 같았다. 체류비자를 받으려고 신청한 어학원을 다녔는데 큰 흥미는 없었다. 친구도 사귀고 싶지 않았다. 한국에서 누군가 내게 런던으로 '현실도피' 하냐고 지적했는데, 그의 말이 맞았을까. 수업을 마치면 쏜살같이 집으로 향해 그저 방구석에 쳐 박혀 있었다.

어느 날은 학원의 같은 반 학생이 도망치듯 교실을 나가는 나를 붙잡았다. 그녀는 이태리 사람이었다. 나보고 다들 모여 펍(영국의 술집)에 가서 수다를 떠는데 같이 가자고 제안했다. 솔직히 귀찮았지만 친절해 보이는 실비아의 제안을 차마 거절할 수 없어 억지로 합류했다. 그때까지 만해도 그녀가 그곳에서 나의 최고의 친구가 될 거라는 것을 몰랐다. 우리는 런던에 있는 내내 사랑, 결혼, 꿈, 정치, 문화에 대한 이야기를 종종 나눴다. 함께 런던마라톤 서포터즈 활동도 해보고, 무작정 시골길 걷기 모임에도 참여해보고, 밤에 열리는 다국적 사교파티도 갔다.

한국에서는 새로운 친구를 사귄 게 언제 적인지 기억조차 나지 않았는데, 하물며 몇 년간 수십 명의 친구들과 연을 끊었는데, 런던에선 오히려 점점 친구가 많아졌다. 학원에서 내 나이는 꽤 많은 편에 속했다. 하지만 나이, 성별, 국적을 불문하고 골고루 친구를 사귀었다. 아이러니하게도 정작 영어를 익히고 친구를 사귀겠다고 다짐하고 왔던 20대 초반의 어학연수 시절보다 훨씬 다양한 사람들과 더 깊은 대화를 할 수 있었다. 어쩌면 내가 스물아홉이기 때문이었을까.

그곳에서의 삶은 잔잔하고 평화로웠다. 매일 영어로 생각하고 영어로 말했다. 휴대폰 카톡 목록에는 가족

밖에 없었고 인터넷 브라우저에는 네이버가 뜨지 않았다. 한국에서 쓰던 내 이름은 마치 영화나 드라마 조연의 이름처럼 천천히 잊히고 있었다.

영화나 드라마에는 대부분 '클라이막스'가 존재한다. 내게도 클라이막스가 필요하다는 생각을 했다. 한국에서 월급을 차곡차곡 쌓아 가져온 통장은 0의 자릿수가 줄어들었다. 여름방학 동안 가보고 싶은 곳은 많았지만 내 경제력으로는 어려웠다. '흠…' 노트북을 켜고 윈도우 바탕화면을 멍—하니 바라봤다. 구름 한 점 없는 파아란 하늘과 모래사막의 사구가 보였다.

'사구의 정상을 만지는 기분은 어떨까? '

카사블랑카

아프리카 대륙의 북서쪽에 위치한 모로코의 페즈(Fez)공항에 도착했다. 가야할 곳은 라바트란 도시이지만 런던에서 출발하는 제일 저렴한 비행기 표를 구하다보니 갈 길이 멀다. 나는 회색 반팔 티셔츠를 입고 있었다. 그 위에는 런던의 친구들이 자신의 언어로 써준 글귀가 채워져 있었다. 그 글귀는 '나의 꿈은 선생님입니다' 이었다. 가방에는 또 하나의 흰색 티셔츠가 있었는데, 그것에는 '나는 한국인 자원봉사자입니다' 라는 아랍어가 쓰여 있었다.

마침 이슬람교의 라마단 기간이었다. 그 기간에 사람들은 해가 떠 있는 동안 음식과 물을 전혀 먹지 않는다. 기차에서 물 한 모금 먹는 것이 눈치가 보여서 꾹 참 있다. 라바트에 도착해 세계 여러 나라에서 온 봉사자들을 만나 하룻밤을 보냈는데 숙소로 가기 위해서는 북적이는 시장을 걸어야 했다. 동물들이 끄는 수레, 사구처럼 쌓여 있는 무지갯빛 향신료들, 낙타머리가 걸린 정육점을 지나쳤다. 영화의 한 장면 같았다. 다음 날 나는 다른 봉사자들과 동떨어진 카사블랑카로 배정받아 하루 만에 또 기차를 타고 떠났다.

카사블랑카에서 머물 홈스테이의 가족을 만났다. 홈스테이 가족은 아버지, 어머니 그리고 3명의 아들로 이루어진 집이었다. 첫째 아들 '드리스'는 유명한 영화감독을 꿈꾸는 청년으로 영어로 대화가 가능했다. 그에게 내가 참여한 시민뮤지컬이 영화로 만들어져 한국의 아주 작은 극장에서 상영될 것이라고 자랑을 늘어놓았다. 그러자 그는 자신이 찍은 영화를 보여주었다. 농담삼아 언젠가 자기 영화에 출연해 달라고 했다. 매일 밤 그는 늘 나와 대화를 나누며 친구가 되어주었다.

홈스테이 집에서 도보로 20분 정도 걸리는 거리에 교육봉사활동을 할 센터가 있었다. 그 센터에 한국인은 내가 처음이라고 했다. 그곳에서 나는 정말 사소한 재능을 나누었다. 바로 종이접기! 색종이를 사다가 종이학을 접는 방법을 알려줬더니 학생들이건, 선생님들이건 신기하다며 난리가 났다. 그야말로 종이접기 붐이 일었다. 한낱 종이가 날개 달린 새로 변신하는 것이 그들에게는 가히 충격적이었던 것이다. 그 외에도 거북이 접기, 별 접기, 바람개비 만들기 등도 알려주고 간단한 한국어 수업도 했다.

나는 그 시간에 나를 흠뻑 적셨다. 그들과 라마단을 함께 경험하려고 해가 떠있는 동안 한 방울의 물도 마시지 않았다.(그리고 극심한 변비에 시달렸다.) 시장에 나가 모로코전통 의상을 사서 입고 수업을 하기도 했다. 그곳의 모두가 나를 특별히 여겨주었다. 평범하기 그지없는 나는 지구 반대편 그곳에서 가장 특별한 선생님이 되었다. 더 이상 회색티셔츠가 필요하지 않았다. 내 꿈은 공무원이 아니라 선생님이었으니까.

카사블랑카에는 세계에서 2번째로 큰 이슬람사원이 있다. 그것은 아프리카 대륙의 북서쪽 끝과 대서양이

만나는 곳에 세워져 있다. 한국에서 태평양을 건너는 경험을 한 사람은 많겠지만 대서양을 건넌 한국인은 아주 많지는 않을 것이다. 그래서인지 모로코인들에게 너무도 평범한 바다가 내게는 매우 특별해 보였다. 대서양에서 지는 해를 바라보는 것이 좋았다. 카사블랑카를 떠나고 싶지 않았지만 가라앉는 해처럼 나도 떠나야만 했다. 나는 사하라사막을 향해야 했다. 클라이막스를 위해.

맨발

마라케시로 이동해 그곳에서 사하라사막으로 가는
차를 탔다. 10명 남짓한 사람들과 천장이 무척이나 낮은
그레이스 같은 차량을 타고 이틀간 이동했다. 에어컨은
당연히 없었고 창문으로 뜨거운 바람이 계속 들어왔다.
이틀 내내 속옷까지 온몸이 젖었다. 중간에 휴게소 같은
작은 가게를 들리면, 곧장 얼음물을 달라고 했다. 일단
주인은 무조건 없다고 잡아뗐다. 돈을 더 주겠다고 하면
뒤에서 슬그머니 꺼내 줬다. 정말 귀한 얼음물. 시장에
서 산 스카프로 그것을 돌돌 말아 가슴에 안았다. 불면
증이 있었다고 하면 아무도 믿지 않을 정도로 나는 차에
타기만 하면 잠이 들었다. 잠들지 않았다면 더위와 멀미
로 그 시간을 이겨 내기는 체력적으로 참 어려웠을 것

같다. 지금은 그곳이 어떻게 바뀌었는지는 모르겠지만, 누군가가 다시 사하라사막에 가겠냐고 묻는다면 솔직히 갈 수 없다고 답할 것 같다.

　'톡톡.'

　잠에 빠진 나의 어깨를 누가 건드렸다. 그리고 손가락으로 창밖을 가리켰다. 나도 모르게 입에서 '우아….'라는 탄성이 나왔다. 차는 덜컹거리며 비포장 돌바닥을 달리고 있었고 아주 멀리 사구가 희미하게 보였다.

　'아… 드디어 왔나 봐. 내가 사하라에 왔나 봐.'

　사막 입구에 내려 낙타를 탔다. 낙타로 1~2시간가량 걸리는 사막의 텐트숙소까지 가야한다. 나와 같은 관광객을 태우고 대략 열 마리의 낙타는 한 줄로 걷기 시작했다. 앞, 뒤, 옆에는 사하라의 유목민들이 전통의상을 입고 길을 본다. 바람에 따라 사구의 모양이 달라지기 때문에 사막에서 정해진 길, 당연한 길은 없다. 이미 체력적으로 많이 지친 터라 지금 내가 어디에 있는지 몽롱하기만 했다. 그 몽롱함 덕에 나는 바람의 색을 보고 해의 냄새를 들었다.

카사블랑카에서 봤던 그 해는 사하라에도 있었다. 뉘엿뉘엿 자취를 감추자 사막에는 어둠이 서서히 몰려오기 시작했다. 유목민들은 급히 낙타를 멈추고 낙타와 사람들에게 쉬는 시간을 주었다. 나는 낙타에서 내렸다. 그리고 너덜너덜해진 만 원짜리 신발을 벗었다. 나의 맨발이 사막 위에 닿았다.

'아… 따뜻해.'

사막은 나를 반겨줬다. 발에 닿은 모래바닥은 평평하지 않았다. 바람의 모양이 그대로 새겨져 있었다. 발가락을 꼼지락 꼼지락 거리면서 바람의 결을 느꼈다. 다들 사진을 찍느라 분주했다. 나는 카메라로 내 맨발을 찍었다. 유목민들은 옹기종기 모여 앉아 무언가를 먹고 있었다. 내가 새까맣게 잊고 있었던 '라마단'. 그들은 사막에서도 해가 떠있는 한, 한 방울의 물도 마시지 않았다. 비로소 해가 지자 먹고 마실 수 있었다.

사구

사막의 냄새에 익숙할 때쯤 천막이 있는 숙소에 도착했다. 여러 팀이 모여서 잠자기 때문에 20~30명 정도 관광객이 모였다. 유목민들은 먹을거리를 우리에게 내주었고 그 후엔 전통악기로 연주를 해주었다. 이게 관광코스이다. 그 이후로는 자유 시간을 갖거나 잠을 자면 된다. 내일 아침이면 다시 돌아갈 예정이므로. 그런데 한 유목민이 뒤쪽 사구를 가리키며, 저기 올라가고 싶은 사람은 30분 뒤에 물병 하나를 들고 모이라고 했다. 나는 물병을 들고 그곳으로 갔다.

'이런….'
사람이 많을 줄 알았는데 유목민, 키 크고 건장한

캐나다 남자, 키 크고 건장한 프랑스 남자 그리고 코딱지만한 나, 이렇게 넷뿐이었다. 나는 사구에 꼭 올라야만 했다. 그래야 사구의 정상을 만질 수 있으니까.

한 걸음 한 걸음 내딛기 시작했다. 그런데 발이 모래에 푹푹 빠지면서 좀처럼 쉽게 올라갈 수 없었다. 당황스러운 것은 둘째 치고 몇 걸음 걷지도 않았는데 숨을 헐떡이고 있었다. 내가 뒤쳐지자 프랑스인과 캐나다인은 번갈아 가며 "괜찮아. 우리가 널 기다려줄게. 천천히 올라와!"라고 외쳤다. 그 말이 고맙기는 했지만 나를 더 부담스럽게 만들었다.

아무리 발을 내딛어도 사구의 정상에 조금도 가까워지지 않았다. 숨이 더욱 차올랐다. 물을 마셔도 나아지지 않았다. 나는 주저앉았다. 유목민에게 그냥 내려가고 싶다고 말했다. 캐나다인과 프랑스인은 내게 포기하지 말라고 격려해줬다. 그 말이 전혀 도움이 되지 않았다. 속으로 '나도 당신들과 같은 몸을 가졌다면 가능하겠지.'라고 생각했다.

부담감에 또 다시 일어나 걸었다. 이젠 물병조차 아무짝에 쓸모가 없어졌다. 왜냐면 숨이 너무 차올라 물조

차 마실 수 없었다. 그건 오직 짐이었다. 세 발짝만 걸어도 쓰러지기 시작했다.

"나 포기할래. 나 진짜 포기할래. 나 제발 포기하게 해줘!!"

나는 동행자들에게 울먹이며 외쳤다. 포기하게 허락했으면 좋으련만 유목민은 자신의 목에 두른 스카프를 풀어 내 손에 쥐어 주며 이걸 잡고 따라오라고 했다. 거의 정신이 반쯤 나간 상태에서 그걸 잡고 걸어봤지만 소용없었다. 그러자 그는 아예 내 손을 직접 잡고 나를 끌어당겼다. 나는 걷는 것이 아니라 기어가고 있었다. 제발 살려 달라고 빌고 싶은 심정이었다. 그러더니 갑자기 나를 확— 내팽개치는 것이 아닌가. 나는 그대로 쓰러져 계속 숨을 헐떡거렸다. 입안이 바싹 말랐는데 위액의 맛이 느껴지는 듯했다.

그가 나를 내팽개친 곳은 사구의 '정상'이었다.

모래

정상에 도착한 프랑스인과 캐나다인도 숨을 헐떡이고 있었다. 유목민은 옆쪽에 더 높은 사구에 올라가면 달을 더 가까이 볼 수 있다고 말했다. 나는 누운 채로 절레절레 고개를 저었다. 유목민은 내게 절대 혼자 내려가지 말고 이곳에서 자신을 기다리라며 두 남자와 함께 다시 일어나 옆쪽 사구로 갔다.

나는 그곳에 혼자 남겨졌다. 물병을 목에 끼고 베게 삼아 누웠다. 세상은 고요했다. 만약 소리가 났다면 그건 밤하늘이 별빛이 내는 소리일 것 같았다. 나의 숨소리만 들려왔다. 그것마저도 점점 잦아들었다. 이 지구에 완전히 혼자 남겨진 것 같았다. 그런데 외롭지 않았다. 나는 아주 오랜만에 나를 마주했다. 고시원, 자취방, 학교, 파리, 런던, 카사블랑카… 수많은 곳들이 떠올랐다.

'무엇이 나를 여기, 이곳까지 이끌었을까.'

'…'

눈을 감고 손으로 사하라의 모래를 쥐어보았다. 모래를 많이 쥐려고 하면 할수록 그것은 내 손가락 사이로 흘러내렸다. 나는 울지 않았다.

「스물아홉 생일, 1년 뒤 죽기로 결심하다」란 책의 주인공은 화려한 라스베이거스에 갔지만, 나는 사하라에 왔다. 그녀가 라스베이거스에 도착한 기분도 이랬을까하는 생각에 잠겼다. 잠시 후 그들이 돌아와 함께 사구를 내려갔다. 유목민이 말했다.

"이 사구는 낮에 도착한 관광객들은 아무도 오르지 않아. 얼마나 높은 지 눈으로 보이거든. 그런데 밤에 도착한 사람들은 이곳에 오르지. 얼마나 높은 지 잘 보이지 않거든."

내려가는 것은 억울할 정도로 식은 죽 먹기였다. 삶처럼.

4장
《 걷다 》

허락

뜨거운 여름을 모로코에서 보내고 런던으로 돌아왔다. 여름이 끝나니 친구들도 대부분 자신의 나라로 돌아갔다. 금세 단풍이 졌고, 곧 날씨가 쌀쌀 해졌다. 마치 내가 두 번째 스물아홉을 시작하기 위해 런던에 도착했을 때처럼.

나도 한국으로 돌아갈 채비를 시작했다. 학원도 마쳤고, 친구들도 없고, 날씨도 쌀쌀했고, 비자 만료도 다가왔고, 통장에 돈도 떨어졌다. 런던에서의 짐을 하나씩 하나씩 정리했다. 사막에 갈 때 신었던 낡은 신발이 보였다. 한참을 망설이다 그것을 버렸다.

출국하기 이틀 전, 짐 정리가 얼추 된 것 같았다. 나는 옷을 두툼히 입고 밖으로 나갔다. 그리고 걸었다. 마지막 눈도장을 찍듯 빅벤과 런던아이가 있는 템즈강변을 걸었다. 비수기라 사람이 많지 않았다. 사람보다 낙엽이 더 많았다.

　"흐..흐.흑…으.흑..흑흑..으흐..흑…."

　나는 길을 걸으며 울기 시작했다. 내가 나에게 소리내어 울어도 된다고 허락했다.

　'너 이제 울어도 돼. 그동안 참느라 힘들었지?'
　'어린아이처럼 울어도 돼. 넌 슬퍼할 자격이 있어.'
　'바보처럼 울어도 무너지지 않을 만큼 넌 강해.'
　'더 울어. 괜찮아. 너의 20대의 마무리는 멋졌어.'

　나는 마침내 나에게 슬픔을 '허락'했다. 그동안 나에겐 '용서'가 필요했다. 타인에 대한 용서가 아니었다. 덤덤히 런던의 거리를 걸으며, 그 동안 나를 비난했던 사람, 나를 무시했던 사람, 나를 배신했던 사람, '그들을 용서했던 바보 같은 내 자신'을 마.침.내 용서했다. 얼굴은 온통 눈물범벅이 되었다. 그리고 타워브리지를 향해 걸었다.

30

살갗에 한국의 겨울이 닿았다. 눈앞에는 'Welcome to Korea'라는 문구가 보였다. 한국 땅에 내 왼발이 닿는 순간, 나는 완전히 '새로운 내'가 되었다. 그리고 두 번의 스물아홉의 기억을 가진 채, 창이 큰 자취방에서 비정규직 기간제교사로 나의 서른을 시작한다.

나의 몸에는 무지갯빛 피가 흐르고 있었다.

에필로그

슬픔은 상대적이다.

지금, 내 인생에서 가장 힘든 시기를 보내고 있다. 그래서 현재의 나를 꽁꽁 숨긴 채 이제는 '하찮아진' 스물아홉 나의 슬픔을 글로 적었다. 그렇다면 지금의 힘듦도 결국은 하찮아질까.

슬픔은 절대적이다.

스물아홉에게 스물아홉은 무겁고, 지금의 나에게는 지금이 무겁다. 그러니 열세 살이 가진 슬픔을 서른 살의 감성으로 판단하고 가벼이 여기지 말아야한다. 누구나 자신의 슬픔을 가장 '짙은 색'으로 느낀다.

모순적이다.

나를 치유하기 위해 글을 쓰기로 했다. 과거의 힘듦을 떠올리고 자세히 묘사하고 써내려가면서 나의 속을 고치고 싶었다. 사구의 정상에서 움켜쥔 모래가 나를 대신해 울어줬던 것처럼, 지금은 그것을 '글'이 대신해주길 바라고 있다.

내 자신 그리고 이 글을 읽는 '당신'을 응원하며.

이미진

.
.
.

우리는 늙어서 못 노는 게 아니라,
놀기를 멈추기 때문에 늙는다는 말이 있습니다.
늙지 않기 위해 그리고 나의 행복을 위해 오늘 하루도
재미있게 살아가고 있습니다.
우리 모두 재미있는 삶을 위한 한 발자국을 내디딜 수 있는
계기가 되어주는 사람이 되고 싶습니다.

논다는 거지
놓는다는 것이 아니야

프롤로그

'너는 살만한가 보다', '나는 결혼했으니까', '직장 다니면서는 힘들지', '돈이 없다', '서른 되어서 어떡하려고', '참 팔자 좋다'

친구들은 내가 재미만을 추구하고 현재만 사는 줄 안다. 심지어 부모님도 그렇게 바라보고 있다. 만날 때마다 '나중에 후회하면 어떡하려고'라고 걱정의 말을 늘어놓는다.

서른이 되었다. 모두의 걱정대로 경제적으로 여유가 생기지 않았다. 하지만 20대 초반과 비교해 보면 현재의 일기장과 SNS 피드로 그 차이를 느낄 수 있다. 힘들단 표현이 난무하고 어두운 내용으로만 채워져 있는

20대 초반과 비교해 현재는 행복하다는 표현으로 가득 차 있다. 이것만 보아도 충분히 풍족해졌다고 느껴진다. 지금도 그때와 똑같이 돈 걱정을 하고 있고, 미래를 걱정하고 있지만, 행복감은 분명 커졌다.

우리는 누군가를 바라볼 때 생각보다 단편적인 모습만을 바라본다. 그들의 이면을 들여다보기보단 보이는 모습이 전체인 마냥.

보이는 것과 다를 수 있어

내가 다녔던 회사는 업무 시간에 영화관, 오락실, 개인 업무 등을 다닐 수 있었고, 출퇴근 시간 조율도 가능했다. 또, 갑자기 낮에 회식하며 술 마시다가 퇴근하는 경우도 잦았다. 그 정도로 자유로운 직장에 다닌 적이 있다. 나도 첫 직장은 사무직이어서 평일 낮을 활용할 수 있다는 것이 엄청난 메리트인 것을 잘 알고 있다. 이런 표면적인 모습만 보면 꿀 직장이라고, 회사 편하게 다닌다고 생각할 수 있다는 것도 잘 안다. 하지만 이곳의 퇴사율은 높다. 한 달도 못 버티고 그만둔 사람들이 수두룩했다. 실적이 없으면 급여가 없는 시스템이기 때문이다. 나는 연봉제가 아닌 성과를 내야지 급여를 가져가는 영업직에 종사했었다. 실적이 잘 나오는 직원이 외근이란 이유로 출근을 늦게 해도 아무 말 안 하고, 실적이 잘 안 나오는 직원은 상사의 눈치를 보며 묵묵히 사무실을 지킨다. 나도 입사 초에 잘나가는 직원을 바라볼 땐 돈을 편하고 쉽게 번다고 생각했다.

영업직 문화에 적응하다 보니 평소에도 많았던 돈 욕심이 더욱 증폭되었다. 스무 살부터 독립했었기에 스스로 월세를 포함한 생활비 모두 해결해야 했다. 숨만 쉬어도 나가는 그달의 지출을 급여로 메꿔야 했다. 그래서 한 달이라도 어느 정도의 급여가 채워지지 않으면 생활이 어려워질 수밖에 안 되는 상황이었다. 그래서 남들보다 일찍 출근하고 늦게 퇴근하는 것은 기본이었고 잘하시는 분의 사례 발표에 귀 기울여 일에 접목하고 주말에 상담이 잡혀도 남 주지 않고 직접 다녔다.

술자리를 좋아했던 나는 매일 술 약속이 있었다. 술을 마시다가도 밤에 고객에게 전화가 오면 조용한 곳으로 자리를 옮겨 받아야 했고 업무를 바로 처리해야 하는 상황이면 그 자리에서 업무를 하기도 했다. 남자친구와 둘만의 데이트에서도 고객에게 전화가 오면 한참 동안

자리를 비워야 하는 경우도 일쑤였다. 미안한 마음과 이해를 못 해주는 남자친구와 의견 차이로 헤어진 적도 있다. 만나는 남자친구마다 이런 모습을 불편해했고 소개팅에서 미리 오픈하고 만남을 이어가기도 했다. 어느 날은 목이 아파서 병원에 간 적이 있다. 의사 선생님은 인후염 진단을 내주셨고 콜 영업(아웃바운드)을 한다고 하니 직업을 바꾸라고 하셨다. 그때부터 지금까지도 말을 많이 하는 날이면 인후염이 금방 찾아온다. 목이 아프니 말 많은 내가 친구들 사이에서 의도치 않게 과묵해졌고, 좋아하는 노래방을 가도 손에는 마이크보다 탬버린을 더 많이 들게 되었다. 입은 먹거나 말할 때만 쓰는 나에겐 너무나 답답한 상황이었다. 목소리가 안 나올 정도로 아프다는 것을 아는 상사들은 걱정된다는 말 한마디 없이 팀 실적 고민만 했다. 서운할 틈 없이 마감에 급급했고 팀에 누가 되지 말자란 생각으로 열심히 했다. 그렇게 3년을 열정을 쏟으니 급여 베스트에 오르고 전직원 앞에서 사례 발표를 하게 되는 날도 생겼다.

상사분들이 지점을 차리며 나갔고, 생각보다 빨리 팀장급이라는 자리를 맡게 되었다. 팀장이란 직책은 내 업무에 추가로 팀 업무와 후배 양성도 해야 했다. 게다가 나와 팀원의 실적 부담은 물론이고 팀 분위기까지 신경 써야 했다. 실적 부담을 못 견디고 퇴사하는 팀원이 있으면 상실감을 크게 느끼고 팀장으로서 역량이 부족한가를 자책하며 힘들어했다. 그렇게 자연스레 입사 초에 보이지 않았던 그들의 노력을 알게 되었다.

그 당시 팀원 모두가 나보다 나이가 많았다. 나는 어린 나이에 무시당하지 않기 위해 노력했다. 내 업무에만 집중하는 시간이 줄어들었기 때문에 내가 시스템이 잡히지 않으면 업무적으로도 무너진다는 것을 절실히 깨달았다. 지난달보다 더 나은 매출을 보여줘야 하고 팀원들의 실적도 오르게끔 도와줘야 했다. 실적 압박은 없던 생리통이 생길 정도로 스트레스가 심각했다. 그런데도 불구하고 그만두지 않았던 이유는 자유와 책임은 공존함을 알았기 때문이다. 자유로운 달콤함을 누리려면 책임이 따른다는 것이 나만의 신념 중 하나로 자리 잡았다.

스물여덟 살의 무모한 도전

안정적인 월급쟁이 사무직과 성과가 없으면 급여를 가져가지 못하는 영업직 사이에서 입사와 퇴사를 반복하며 직장을 옮겨 다녔다. 자유로운 삶을 택하다 가도 남들처럼 평일 연차로 행복감을 느끼는 사무직. 회사 생활만 보아도 그때의 상황이 보인다. 그러던 중 현실에 굴복하여 정착하려는 마음으로 사무직에 입사했다. 어떤 힘듦이 있어도 버틸 수 있다는 자신감으로 들어갔던 사무직도 결국 못 버티고 퇴사했다. 이번 퇴사는 여느 때와 달리 계획 없었다. 국비 지원으로 학원 등록 후에 한 달 동안 풀타임으로 다녔다. 그렇게 많은 생각 없이 한 달을 보내서였을까? 질문을 던져 놓고 살았던 게 아닌데 답이 나왔다. 아무래도 나는 영업직이 맞는구나 결심이 섰다. 영업에 열정을 쏟아 내 한계를 시험해 보고 싶었다. 영업의 꽃이라고 불리는 보험이나 딜러 중 어느 쪽에 도전해볼까 고민을 했다.

여자 나이 스물여덟 살. 시집가기 딱 좋은 나이이자 제2의 직업을 시작하기 좋은 나이. 하지만 신입으로 들어가기 커트라인 나이라고 한다. 나이에 대해 약간 압박감을 느끼고 있던 시점에 지금 나이에 할 수 있는 일에 초점을 맞추어 고민했다. '남의 일'이 아닌 '나의 일'을 하고 싶었다. 주체적인 삶이 끌렸다. 고민하고 있던 영업직도 주체적인 일에 가까웠지만 언제든지 할 수 있는 일이라고 생각이 들어서 다른 방향으로 고민했다. 서른이 되기 전에 도전해보자란 생각으로 창업을 결심하게 되었다. 결심하는 순간 가슴은 쿵쾅거렸다. 돈을 못 벌면 어떡하지와 같은 걱정은 끌림에 비해 작게 느껴졌고 내 선택에 뿌듯해했다.

우리 집안에는 영업직은 불효라는 암묵적인 공식이 있었던 것 같다. 창업 준비를 한다는 말에 부모님은 한숨을 크게 내쉬며 '결혼은 언제 하려고', '지금이라도 공무원 준비해' 라고 말씀하셨다. 즉, 남들처럼 평범하고 안정적인 삶을 원하셨던 것이다. 아빠는 '윗물이 맑아야 아랫물이 맑다' 라는 말을 자주 하셨다. 약간의 장녀 콤플렉스를 가지고 있던 나는 창업은 남들의 염려대로 가지 않는다는 것을 보여줘야 했다. 창업, 처음이 아니었다. 친구와 동업으로 방향제 사업을 했었다. 그때는 직장을 다니면서 했었기에 부모님도 아무 말씀 없으셨다. 결국 핸드메이드 수제이기 때문에 허리가 아프다는 핑계로 접었지만, 손실 없이 마무리하게 됐다. 어찌 됐든 주변에 걱정 어린 시선과 나도 서른 전에 큰 도전해보자는 심정으로 창업 준비를 시작했다.

무모한 시작으로 창업 교육을 보이는 대로 신청하고 다녔다. 따로 멘토링도 신청하고 나처럼 예비창업자들끼리의 네트워킹 파티에도 빠지지 않고 참석했다. 작은 것 하나라도 얻어 가고 싶었다. 아이디어가 어느 정도 구체화 되었고 사업계획서를 작성해야 했다. 사업계획서 양식을 열어 놓고 밤새 작성한 거라곤 고작 한 줄 뿐이었다. 14시간 동안 한 줄은 큰 충격이었다. 내 아이

템인데 사업계획서 작성도 못 하는 것에 너무 실망스러워서 한참을 울었다. 평소 같았으면 '사업계획서 한 번도 써 본 적 없으니까.'라고 자기합리화를 했을 법한데 나 자신에게 엄격했다. 겨우겨우 써 내려간 사업계획서는 여러 멘토님에게 첨삭 받으며 다듬어 갔다. 인천과 서울을 오가는 빠듯한 일정으로 밤 11시가 되어야 삼각김밥으로 첫 끼를 해결했다. 집에 도착하면 시장 조사와 창업 관련 영상을 보며 공부하고 자야 했다. 아무것도 모른 채 시작했으니까. 다이어트를 하지 않았는데 성인 되고서 줄어든 몸무게 숫자도 처음 보았다.

자유라고 쓰고 책임이라 읽는다

　몇 달의 준비과정을 거치고 사업자를 냈다. 상호 짓기, 사무실 계약, 로고 만들기, 회사소개서 제작 등 창업 초반에 필요한 것들을 일사천리로 처리했다. 운영하면서 세금 문제, 직원 관리 말고도 신경 쓸 게 한두 가지가 아니었다. 당연히 비즈니스도 놓지 않았다. 홍보하려면 디자인 작업이 필요했다. 외주를 쓰거나 직원을 뽑기에는 너무 초기라 힘들었다. 어쩔 수 없이 포토샵을 몇 번 켜 본 실력과 영상으로 공부하여 진부한 디자인으로 하나씩 넘겼다. 창업은 모르면 죄다. 생전 다뤄보지 못한 세무를 공부해야 한다. 세무사한테 맡기면 된다고 할 수 있지만 모르고 맡기는 것과 알고 맡기는 것은 천지 차이다. 나의 선의가 의도치 않게 직원한테는 불편함을 줄 수도 있다는 것도, 막연한 긍정은 신뢰가 떨어질 수도 있다는 것도 배워 갔다.

개업하고 3개월 만에 내 급여를 챙길 수 있게 되었다. 마지막 직장 퇴사 후부터 총 11개월 걸린 셈이다. 그해 10월에 첫 급여는 첫 직장에서의 급여와 남달랐다. 바로 간식과 화장품 쇼핑으로 플렉스 했다. 그렇게 기쁠 수가 없었다. 작년에도 다섯 번의 급여밖에 안 받아서 그나마 모아둔 돈을 야금야금 사용하며 생활했다. 화장품도 다 쓰기도 전에 새 화장품으로 갈아탔던 내가 바닥이 보이는데도 긁어가며 사용하고, 쉽게 타던 택시도 절대 안 탔다. 엄청난 감격이었다.

출퇴근 굴레에서 벗어난 창업은 시간에 속박받지 않을 수 있었다. 직장 다니며 로망이었던 평일에 상사의 눈치 없이 은행 업무를 해결할 수 있었고, 평일 런치 타임 할인을 받으며 식사를 할 수 있었다. 대신, 은행 일 처리를 위해 급한 용무만 빨리 끝내놓고 고객한테 연락이 오지 않을까 봐 마음 졸이며 휴대폰을 쥐어들고 후딱 끝내고 다시 일하러 가야 했고, 평일 런치 타임은 미팅과 미팅 사이에 남은 시간에 해결해야 했다. 오히려 직장 다녔을 때보다 더 조급해하고 뛰어다니며 해결했다. 시간관리는 매출로 직결되기 때문에 허투루 낭비할 수 없었다. 그만큼 시간을 더 효율적으로 치열하게 관리해야만 했다.

대표라는 거창한 수식어와 달리 상상도 못 하는 변수를 해결해야 하고 직원의 실수를 책임져야 했다. 영업부터 CS, 디자인 등 일당백 자세로 업무를 해야 했다. 그렇다고 하소연할 수 있는 것도 아니며, 함부로 아플 수도 없다.

시간 조율이 자유로웠던 직업을 활용할 수 있는 가장 큰 장점은 저렴한 날짜에 해외여행을 갈 수 있는 것이다. 비록 남들 쉴 때 일을 하고 긴 연휴에도 마냥 기뻐하지 못하지만 자유로운 시간 확보를 위해 책임을 져야 했다.

호수에서 백조는 우아하고 고요해 보이지만 백조의 다리는 물 아래에서 분주하다. 영업직 신입사원 시절에 나의 선망의 대상이었던 분들은 그만큼의 노력의 대가를 치르고 있던 것이었다. 여유롭게 점심시간을 누리기 위해서는 분주했던 아침이 있었던 것이며 시간을 쪼개가며 후배들을 도왔던 것이다. 여유롭고 자유로운 모습에는 바쁘게 움직이는 발길질이 숨어 있었다.

좋아하는 것을 좋아한다 말하지 못했어

하고 싶은 거 다 하고 살기 시작한 건 독립 후부터였다. 독립은 스무 살 때 했다. 나는 보수적이고 엄한 아버지 밑에서 자라서 통금시간에 5분만 늦어도 혼났다. 학창 시절에 친구들끼리 모여서 친구네 집에서 잔다는 것은 꿈도 못 꿨다. 물론 지금은 내가 첫째이고 딸이어서 그러셨다는 걸 충분히 이해하고 있다. 넉넉지 못한 형편으로 갖고 싶은 것을 알아서 잘라냈고 정말 필요한 준비물만 부모님께 알려줬다. 댄스부 동아리에 들어가고 싶었던 것도 참고 대회 수상하면 상금이 나오는 컴퓨터부에 가입했다. 어려서부터 하고 싶은 것을 한다는 건 사치였다. 어른이 되면 하고 싶은 것을 다 할 수 있다고 생각했다. 그래서 빨리 어른이 되고 싶어 하기도 했다.

영업직에 종사했을 때도 반대가 심하셨다. 여자가 사무직에 착실히 다니며 시집가면 된다고, 평범하게 살면 안 되냐고 하셨다. 나는 처음으로 부모님의 의견과 반대로 실행했다. 그 당시 자취생활로 부모님을 만날 때마다 걱정하셨고 친척들한테도 여자가 유별나다는 소문이 퍼졌다. 주변 사람들도 아직 어려서 그래라며 철없는 애 취급 시선을 받을 때마다 흔들리는 갈대처럼 줏대 없이 생각들이 뒤섞였다. 정말 내가 유별난가? 이런 비슷한 생각들이 머릿속에 박힌 순간부터는 지치기 시작했다. 남의 눈치를 보며 좋아했던 일을 숨기는 게 습관이었다.

끌림이 이끄는 대로 했더니

버킷리스트를 작성하기로 했다. 오로지 내가 하고 싶은 것들로만 쓰기. 100가지는 금방 채워질 줄 알았는데 스무 가지 정도에서 멈춰졌다. 하고 싶은 일이 이것밖에 없다는 것에 의아했다. 한참 고민을 하고 버킷리스트 100가지는 두 달이나 걸려 겨우 채워졌다. 하나씩 써 내려가면서 지금이라도 당장 할 수 있는 내용이 주였다. 이런 사소한 것들을 왜 안 하고 살았지? 사소한 것들이 버킷리스트구나 생각이 드니 찡했다. 일상의 고단함이 느껴질 때마다 하나씩 도장 깨듯이 없애는 재미가 쏠쏠했다. 일상에 활력도 생겼다. 한 해가 끝나는 연말에 뭔가 많이 했다는 뿌듯함으로 기분 좋게 마무리를 하게 된다.

생각의 정리가 필요한 날, 겸사겸사 기분전환까지 하고 싶은 날. 훌쩍 떠나 힐링을 느끼고 싶었지만 그러기엔 부담이었다. 차선책으로 호캉스가 떠올랐다. 지내고 있는 어수선한 원룸에서는 도무지 그 느낌을 얻을 수 없었기 때문이다. 하룻밤에 몇 십만 원을 생각하면 쉽게 결정을 못 내리는 일이다. 순간 버킷리스트를 작성하며 느꼈던 감정이 올라왔다. 별거 아닌데 하고 싶은 것을 참아야 하는 짠함. 나 자신에게 너무 야박하지 않은가 싶었다. 오랜 고민 끝에 호캉스를 가야 하는 합리적인 명분을 생각해 내어 강남에 있는 호텔을 결제했다. 온갖 이유를 갖다 대며 찌질하게 호캉스를 하게 되었지만, 결과로는 만족스러웠다. 생각 정리 좀 하고 오자라는 계획과 달리 온종일 텔레비전만 보고 잠들었다. 집에 텔레비전이 없어서 넋을 놓고 봤던 것이다. 호캉스답게 누렸던 것은 고작 조식이었다. 집에서처럼 별반 다를 것 없이 보냈던 호텔은 아쉬운 마음으로 체크아웃을 했다.

뒹굴뒹굴하기만 했던 호텔에서의 1박은 충전이 되었나 보다. 답답했던 마음이 뻥 뚫린 것처럼 집에 가는 길에 탁 트인 느낌을 받았다. 이날 나만의 힐링 방법을 터득했다. 나에게 그만 인색하고 가끔은 나에게 주는 셀프 선물도 필요함을 느꼈다.

　잦은 이직에도 일주일 이상을 쉬지 않았다. 한 번은 백수 생활을 누려보자며 다음 직장을 정해 놓지 않고 퇴사를 했다. 자취생으로서는 큰 결심이었다. 퇴사 D + 1. 꽃꽂이 원 데이 클래스로 꽃다발 만들기를 배웠다. 어디서 보고 끌렸는지 모르겠지만 생각이 스치는 동시에 손가락은 예약하기를 누르고 있었다. 사람을 상대하는 직업이라 본능적으로 정적인 활동을 하고 싶었는지도 모른다. 꽃잎을 정리하고, 위치를 잡고, 포장으로 연출하여 꽃다발이 완성되었다. 꽃을 만지는 동안에는 꽃에만 집중했다. 보기만 해도 아름다운 꽃에 취해 잡생각이 없어지고 여유로움을 느끼게 되었다.

　생활에 불편함은 없었지만, 치아교정을 했다. 부의 상징이라고 할 정도로 꽤 큰 목돈이 들어가기에 주변에서 하지 말라고 했었다. 그 돈으로 다른 것을 하라고. 할까 말까의 고민으로 3년을 보냈다. 두려움은 시간만 늦출 뿐. 고민하는 시간 3년과 교정 기간 3년으로 치아교정을 끝냈다. 하고 싶은 마음이 들었을 때 바로 해버렸다면 벌써 끝냈을 시간인데 왜 진작하지 않았을까? 잠깐 후회하고 지금까지도 만족하고 있다. 몸매가 드러나는 보디 프로필에도 도전했다. 이것도 20대 초반에 작성한 버킷리스트였는데 서른 살에 이뤘다. 이것 또한 진작할 걸. 꼭 하고 나면 같은 반응이 나온다. 하고 싶으면 하자. 끌리면 해보자.

무엇이든 끌리면 일단 했다. 페스티벌 개최가 눈에 띄면 바로 예매했다. 가서는 최대치의 텐션으로 즐겼다. 시끌벅적 여럿이서 하는 활동도 좋아하고 혼자 하는 활동도 시간이 있을 때마다 누렸다. 바쁘게 돌아다녔다. 놀기 위해 일정을 세워가며 누구보다 열심히 놀았다. 그 속에서, 많은 인연을 만났고 많은 경험을 얻었다.

대개의 사람은 하고 싶은 거 다 해라는 말과 논다는 것은 비현실적이고, 무책임하다고 생각한다. 논다는 것을 왜곡되게 생각하는 경향이 있다. 나는 그들에게 알려주고 싶다. 하고 싶은 거 다 하며 사는 것은 막사는 것과 전혀 다르다고. 꼭 일을 안 하고 놀거나 술과 쇼핑으로 채우는 것이 아닌, 내가 하고 싶은 것을 함으로써 행복감을 느끼고 자존감도 올라가는 시너지를 내는 일이라고 말하고 싶다.

쓸모 없는 경험은 없다

예전에 어떤 모임에서 지인들에게 나 하면 떠오르는 키워드 물어보기를 했었다. 반 이상으로 나온 공통적인 키워드는 추진력이었다. 그때 처음으로 내가 추진력이 있고 무슨 일이든 주동하고 있었단 걸 알았다. 아마도 하고 싶은 일이 생기면 어차피 하게 되는 것을 나보다 주변 지인들이 더 잘 알고 있었던 것 같다.

논다는 곳에는 다 따라다녔다. 야구 규칙, 선수에 대해 아무것도 모른 채 야구장이 재밌다는 것만 듣고 따라갔다. 치킨과 맥주를 포함한 다양한 주전부리를 가지고 야구장에 들어갈 수 있다는 것이 신선했다. 응원가를 따라 부르고 점수를 내면 좋아하는 축제 같은 분위기에 단

숨에 빠졌다. 일명 야구팬이 되어버린 나는 구하기 힘들다는 응원석을 티켓팅하며 평일에도 야구장을 즐겼다. 처음에는 따라갔던 내가 이제는 먼저 모집하여 주최하였다. 다녔던 회사에서도 동아리식의 모임을 만들어 회식비 지원도 받았다. 상무님과 회사 동료들은 따분한 일상에서 재미를 느낀다고 좋아했다. 그들에게 즐거움이 되었다니 나도 뿌듯함으로 이어졌다. 작은 추진력으로 이뤄낸 경험은 내 인생에 작은 점이 되었다.

새롭게 이것저것 하는 것을 좋아했다. 그래서 여러 모임에도 가입하여 활동했다. 모임 후에는 술자리로 이어졌다. 하지만 술자리를 목적으로 모임에 나오는 분들이 있었다. 독서 모임인데도 책을 읽지 않고 나온다던가, 모임 활동이 끝나고 술자리만 참여하는 사람들이 꽤 있었다. 나도 술자리를 좋아하지만, 이 부분은 불편했다. 술자리가 주가 아닌 진짜 모임 활동에 취지가 있는 사람들로만 있었으면 좋겠다는 마음으로 모임을 만들었다. 자기 계발 활동으로 한 달에 한 번씩 이런저런 활동했다. 기업가정신 목표로 판매를 해보자 시작해서 이태원에서 '콘돔'을 판매한 적도 있고, 각자의 인생그래프 발표도 하고, 다양한 강의에 참석하여 느낌을 나누기도 했다. 생각보다 나와 생각이 닮은 분들이 많았다. 내 주변에서는 내가 어려서 정신 못 차린다고 생각하고 유별나게 생각하는 사람들 뿐이었는데 모임의 언니, 오빠들은 경험이 원동력이라는 마인드를 가지고 있어 공감이 많이 되었다. 비슷한 성향으로 구성이 된 모임 사람들 덕분에 '하고 싶은 것을 참으며 살아야 하나'라는 생각이 싹 사라졌다. 아, 사람의 성향 차이구나, 어른도 소시지를 좋아하는 것처럼.

계절은 그 자리에 있지 않아

다녔던 회사에서 열리는 축제에는 장기자랑이 포함되어 있었다. 입사 초에는 신입이니까, 연차 쌓이고서는 할 기회 없어라는 이유로 장기자랑에 참가하라는 제의가 들어왔다. 지금 와서 생각해보면 팀에서 장기자랑을 받아들일 사람은 나뿐이었던 것 같다. 어차피 해야 하는 상황으로 군말 없이 장기자랑에 참여했다. 팀을 꾸려서 점심시간과 퇴근 후 시간을 활용하여 그 당시에 유행하는 걸그룹 노래에 맞춰 춤 연습을 했다. 몸치로 나갔던 장기자랑은 상품도 거두게 되었다. 썩 내키지 않았던 장기자랑의 시작은 어느새 즐기며 진행하였고 지금은 즐거웠던 경험으로 남아 있다. 그때만 누릴 수 있는 경험이라 하길 잘했다고 생각한다.

짧은 봄에 피었다 금방 지는 벚꽃을 놓치면 다음 해의 벚꽃을 기다려야 한다. 여름의 푸르름, 가을의 울긋불긋 단풍, 새하얀 눈으로 뒤덮인 겨울까지 그 계절마다 시간은 유한하다. 지나온 계절을 충분히 만끽하지 못하면 아쉬워하듯 지나온 세월 또한 그러하지 않을까 생각이 든다. 자연의 순환 대로 머물고 있지 않은 계절처럼 그때뿐인 아름다움을 즐기기 시작했다. 찰나의 순간인 지금을.

나는 나답게

하고 싶은 거 다 하는 거. 그렇게 못하고 살았던 것을 돌이켜보면 자신에 대한 믿음의 문제였던 것 같다. 불안함으로 세상을 바라보지 말자. 일어나지 않은 일에 대한 두려움을 깨고 일단 저질러보자. 큰일 날 줄 알았는데 아무 일도 없다. 오히려 결과적으로 만족스러웠다. '나중에, 나중에'라고 미래에 초점을 맞추기보단 현재인 지금에 초점에 맞추어 보자. 소신껏 나에게 솔직해지면 생각으로 끝내는 게 아닌 지르게 되는 실행력이 나온다.

각자 행복의 크기와 모양은 다르다. 심지어 나의 과거와 현재로도 차이가 난다. 더 자극적이고 새로운 것만 찾았던 내가 요즘은 키우는 반려 식물 보는 것만으로도

안정감이 느껴진다. 평소 사소하다고 느꼈던 일상에서
도 행복감을 느끼는 요즘이다. 각자의 행복 요소에 맞게
끔 만끽했으면 좋겠다. 타인의 시선에 흔들리지 않고 내
페이스에 맞추어 내 삶을 가꾸는 재미를 누리며 지내고
있다.

어차피 삶이란 정답이 없으니 내가 선택한 결정을
정답으로 만들어 버리자.

김영하

.
.
.

15년 차 영어 강사입니다.
현재는 영쌤코드 라는 퍼스널 브랜딩으로
온, 오프라인에서 영어 관련 콘텐츠를 제공합니다.
대형 어학원에서 TOEIC 및 중고등 입시 강의를 했습니다.
늘 긴장되는 현장에서 영업 사원처럼 배운 내용에 대한 짧은 에피소드
를 담아봤습니다. 꾸준한 노력과 실행력이라는 키워드로 지금도 열심히
살아가는 직장인입니다. 강사 직업은 힘들고 버겁지만 그 안에서의
작은 보람을 소통하고자 이 글을 씁니다.

토익 강의를 하는 영업 사원

프롤로그

나는 15년 차 강사입니다. 오후 12시쯤 되면 거리에서 직원카드를 목에 걸고 있는 직장인들이 부럽다고 생각했습니다. 강사라는 직업이 이렇게 힘든가? 어디까지 해야 하나? 어느새 부장 진급을 생각하는 강사 경력이 되었습니다. 그들만의 리그인 강사 생활을 한 번은 정리하고 싶었던 이야기를 하려고 합니다. 학원 강사는 사교육 시장에서 근무를 합니다. 누구보다 트렌드에 민감하고, 준비를 철저하게 합니다. 주어진 과목에 대해 이해를 하고 학생의 눈높이에 맞는 전달 방식을 계속 연구합니다.

강의만 해서 살아남는 강사는 요즘 찾기 어렵습니다. 자기만의 홍보 방식, 관리 방식을 겸비해야 합니다.

준비가 미흡하면, 한 달 동안의 결과로 책상이 빠지는 경우도 흔합니다. 중간 정도만 하기에는 성과가 미비합니다. 강사들의 흔한 농담으로 일반 직장인 보다 많이 벌어도 언제 자리가 없어질지 모르니 목숨을 걸고 합니다. '내가 제일 잘나가' 라는 걸 보여주기 위해 고급 승용차, 명품을 구입하며 포장을 합니다. 그런데 이 모든 것 뒤에는 여러분들이 모르는 내용이 있습니다. 사실을 근거로 하여 일부 내용이 각색되었음을 알려드립니다.

입사 두 달 만에 퇴사 통보

"김 선생님. 이번 달까지만 수업해 주세요."원장의 당황스러운 한마디로 나는 곧 실직자가 될 위기였다. 갑작스레 퇴사 통보에 무엇이 문제인지 따져 물었다. 학생들 재등록도 90%이고, 설문 평가도 문제가 없었다. 어디서부터 잘못되었을까, 빈손의 이직이 문제였을까. 텅 빈 강의실에 앉아서 시간표만을 물끄러미 바라봤다. 원장은 끝까지 재계약을 인질로 나를 벼랑 끝으로 몰아세웠다. 토익 신입 강사인 나는 강남 생활을 마감하고 신촌으로 향했다.

강남 대형 학원에서 2년 동안 토익 수업을 했다. 원하는 수업을 하기 위해 경쟁사로 이직을 한다. 정해진

시간표 양식은 내가 준수해야 할 일종의 규칙이자 법이다. 나는 회사 매뉴얼대로 일을 할 뿐이다. 어느덧 시간이 흘러 주위를 둘러본다. 힘들어도 찍힌 통장 금액으로 늘 웃고 있는 그들은 나와는 다른 사람처럼 보인다. 손에 쥔 시간표를 보며 개선의 여지가 없어 보인다. 절이 싫으면 중이 떠나는 것처럼 나는 새로운 곳으로 둥지를 튼다. 그곳에서 만난 RC(문법, 독해) 강사는 나와는 사뭇 다르다. 밝고 여린 이미지에 착하게만 보였다. 경력은 비슷해도 토익 강의는 처음이다. 스트레스를 감당할 수 있을지 걱정이 앞서게 된다. 이직을 하기 전 오후반 담당을 하면서 오늘이 오기를 손꼽아 기다렸다. 토익 강의의 오전 10시는 주말드라마 8시와 같다. 새로운 파트너 강사와 전략적으로 수업에만 집중을 한다. 이직을 할 때 개강 날짜가 다르니 강제적으로 한 달을 쉬게 된다. 내가 지도했던 학생들은 한 달 수업을 끝으로 공중으로 붕 뜨게 된다. 분위기를 직감한 학생들은 내 거처를 묻지만 답을 줄 수가 없다. 새로운 시작이지만, 의욕만으로는 생존하기 힘든 상황임을 직시한다. 내가 할 수 있는 건 팀워크가 좋은 면 된다는 생각만 한다. LC(듣기) 강의 후

스터디(개인 공부시간)도 직접 관리를 한다. 새벽 6시 45분 강남역. 스산한 분위기로 아침 7시 수업을 시작한다. 피곤함은 사치이며 오로지 수업에만 집중을 한다. 한 달의 공백이 무색할 정도로, 학생들 재등록은 90%로 마감한다. 뿌듯함을 맛볼 겨를도 없이 원장과 독대를 한다. 그리고 신촌으로 이동하라는 통보.

강사에게는 수강생이 절대 권력의 상징이다. 빈손으로 이직을 한 내게는 현실의 벽이 높았던 순간임을 알게 된다. 한 달의 시간으로는 목표 인원수를 채우는 게 어렵기만 했다. 학원은 매출에 따른 반 정리를 강행한다. 과정은 필요 없으며, 결과만 중시한다. 2년간의 강남 학원 생활을 끝으로 신촌 지점으로 이동을 한다. 몇 번을 곱씹어 봐도 억울했지만 마음을 추스르고 다독인다. 주어진 수업은 토익 명품반 LC(듣기) 수업. 두 개의 반을 담당하며 20명의 학생들과 새롭게 시작을 한다. 어차피 쫓겨난 마당에 뭐가 두려울까.

이상한 마케팅! 전액 환불을 해드립니다

한 달간 목표 점수를 못 받으면 수강료 전액을 환불하는 명품반 수업을 하게 된다. 현재는 점수 보장반(명품반) 이며 전액 환불은 사용할 수 없는 광고 카피다. 지금 생각해도 이상한 마케팅이다. LC(듣기) 강의를 하며 환불이 생기는 일이 없도록 해야 한다. 협박에 가까운 권고사항을 기억한다. 중, 고등부 학원부터 현재까지 일하면서 전액 환불을 한다고? 이건 홈쇼핑 광고인가? 설마 내 돈으로 환불을 하나? 강사는 수업 외적으로 영업 관리 및 비용처리까지 확인하나? 결국 계약서를 다시 보게 된다. 함께 일하던 RC(문법, 독해) 강사가 알려준 매뉴얼은 정말 가관이다. 학원 규정이라는 명분으로 최대한 많은 과제를 부여해서 환불을 못 하게 유도하는 방식이다. 여러분이 900점 목표 점수 보장반이라면 첫 날 공지를 듣게 된다. 학원 수업 20일 중 지각 및 결석은 없어야 한다. 강사가 내준 모든 숙제를 해야 하고, 정해 진 쪽지시험에 모두 통과를 해야 한다. 또한, 스터디(개 인 공부시간)는 의무 참석임을 제차 강조한다.

한 달 과정 20일 중 Day 1. 첫 수업에 RC와 LC 숙제 를 하고, 단어 암기를 한다. 강사는 수업을 진행하고, 의 무 스터디 공지를 한다. 주어진 단어는 RC, LC 약 400개 의 단어. 스터디 과제는 별도이며, 숙제 완료 후 강사 에게 제출해야 한다. 토익 900점 목표라면 학생들 수준 은 매우 높고, 예민한 고객들이다. 첫날 강사를 평가하면 서 본인들에게 혜택이 없다면 언제든 환불이나 반 변경 을 한다. 파트너 강사에게 환불이 실제 있었는지 확인하 니 거의 없다고 한다. 가끔은 숙제 인증을 모두 하고, 매 일 누적되는 영단어를 모두 통과하는 학생들이 있다. 격 려를 해야 할지 더 많은 숙제로 압박을 줘야 할지 난감 한 상황이 된다. 이게 누구를 위한 일인가? 정말 도움 이 되는 공부인가? 끊임없이 묻게 된다. 20일 정규 수업

중 Day 10. 등록 인원수 중 대다수가 과제 또는 쪽지시험 미 통과로 끝나게 된다. Day 15. 파트너 강사는 중간점검을 한다. 블랙리스트를 만든다. 5명의 학생이 모두 통과하고, 출석했으니 탈락 명분을 만들라는 지시다. 방법은 간단하다. 듣기 지문 중 적절하게 발음이 어렵다는 성우를 선택하여 받아쓰기를 준다. 10분짜리 Part3 (짧은 대화글) 듣기 음원만 제공을 하고 모든 지문을 만들어야 한다. 학원이 공부를 많이 시켜야 점수를 받는 게 문제인가라고 반문할 수 있다. 문제는 분량이다. 영어 시험 요령을 모르는 학생들에게 무조건 절대 원칙을 고수한다. 단어 누적 암기 및 시험을 강요하고, 받아쓰기라는 부담을 준다. 강사라는 입장에서 이해는 가지만 학생들이 어떤 심정일지 염려가 된다. 40만 원 이상 되는 학원비를 내면서 20일 과정 동안 평균 수면 4시간으로 견뎌낸다. 주말은 없고 숙제만 계속한다. 학생들이 숨은 쉴까? 이를 기분 좋게 받아들일 학생들이 얼마나 될까? 조교는 블랙리스트 5명 중 한 명이 결석을 하게 됨을 알려준다. 과제를 하면 새벽 2시. 아침 수업은 9시에 시작한다. 규정 때문에 몸이 버티지 못하고 결국 장염으로 병원에 입원한다. 너무 미안한 마음에 약 챙겨 먹으라는 문자만 해줬다.

파트너 강사는 으레 자연스럽다는 듯이 5명의 이름을 지운다. 강사는 환불로 인한 급여 삭감을 막기 위해 규정이라는 명분으로 학생을 위협한다. 강사의 지시만 따르면 점수를 받는다고 설득한다. 학생의 기본기는 궁금하지 않다. 단지 매출을 올리기 위한 전략으로 포장하여 그 작은 강의실에서 절대 권력을 행세한다. 이게 누구를 위한 수업일까? 매달 진행하는 설문평가는 익명으로 한다. 분명히 빈틈이 있을 터인데 어떻게 이곳에서 버티고 있을까? 파트너 강사가 신기할 따름이다. 설문평가는 어떻게 나왔을까? 파트너 강사는 설문 평가 최저로 나옴을 인정 못하고 매니저에게 하소연을 한다. 매니저는 현재 상황에 대해 물었지만 나는 아무런 얘기도 해줄 수가 없었다. 학원은 강사를 제외하고 학생들과 오픈 미팅을 하게 된다. 이건 또 무슨 상황인지. 고객의 의견을 수렴하고 판단하겠다는 상황이다. 한 시간 동안 대표님을 포함하여 40명의 수강생이 참석했다. 학생들에게 설문 내용에 진위 여부를 확인하고,"김 선생님, 학생들에게 인기가 많은데요. 학생들 동요되지 않게끔 마무리 잘해주세요"이 한마디에 감사하고 또 감사했다. 조교는 일부 학생들이 파트너 강사에게 컴플레인을 하고, LC 강사가 RC 강의하기를 원했다고 한다. 학원은 학생들에게 20만 원 상당의 쿠폰을 지급하고 파트너 강사는 바로 교체된다. 1월 방학이 끝나갈 무렵 강사 교체라는 악수를 두게 된다. RC 강의는 토익 매출에 절대적인 영향을 준다. 영어는 문법이라는 공식이 있으니 이 또한 토익 시장에도 불문율인 셈이다. 운이 좋게도 학생들은 재등록을 40% 정도 해줬다. 내게 힘이 되어준 조교들과 학생들에게 감사할 따름이다.

재장전을 하다(Reload)

　　2월은 새로운 강사와 함께 시작을 한다. 문제는 토플 전문 강사지만 토익 유형을 주로 수업하게 된다. 강의 평은 좋았지만 단기간 점수 목표가 급한 상황이다. 또다시 상대에게 칼자루를 넘겨준 셈이다. 계속 코너에 몰리며, 늘 조바심 내며 출근을 한다. 오늘은 별일 없겠지 하며 말이다. 결국 누군가는 총대를 메고 책임을 진다는 전제로 움직여야 하는 형국이다. 3월부터는 내가 RC(문법, 독해) 강의를 하겠다고 제안을 한다. 장고 끝에 악수를 둔다고 두 번의 경험은 충분했다. 명품반은 점수 보장반이라는 이름으로 변경하고 규정을 모두 수정하겠다고 제안을 한다. 내가 이해를 못 하는데 현장에서는 더욱 힘들 뿐이다. 매주 모의고사를 보고, 수업 이

후에 컨설팅 시간을 진행한다. 학생들 고충을 모두 들어 주고 쓴 소리를 해가면서 말이다. 센 수위 발언도 서슴없이 한다. "너 그 따위로 하면 1년 더 공부해서 약대 가라." 나는 중, 고등부 학원을 모두 경험했다. 심지어 공부환경이 열악한 지역에서 전교 최하위권 학생들 담임을 1년 이상 경험한다. 힘든 부분과 공부가 싫다는 핑계는 경계가 모호하다. 그렇지만, 공감만 해주면 언제든 내 편이 되어주는 학생들이다. 그리고 학생들은 나를 마더 케어, 즉 시어머니라 부르게 된다. 중, 고등부 5년을 하고 성인 어학원 시장으로 들어온다. 영업 사원이 업종을 변경하면 시행착오를 경험하듯 내게 주어진 상황에 대해 불만보다는 다들 느끼는 고충일 뿐이다. 토익 강사에게 900반 담당은 경력자임을 인정하는 셈이다. 가장 까다롭다는 실전반 학생들. 지금도 방학 전날이면 긴장이 된다. 어떻게 첫날 분위기를 잡을지 말이다. Day1. 900반 강의실은 공기가 다르다. 이걸 모르면 초보 강사이거나 원래 무대 체질이다. 나도 맨발로 무대에 올라가 어느 가수 처럼 열창을 해야 한다. 단 한 소절로 시작을 알리며.

"안녕하세요. 한 달간 점수 보장반 RC를 담당하는 김영하 강사입니다. 제가 알려주는 대로 무조건 합니다. 거부감이 있거나 부담이 되면 바로 수강 취소 또는 반 변경하면 됩니다. 주어진 과정을 모두 했는데 900점이 안되면 수강료 전액 환불합니다."단어 하나 틀리지 않고 정확하게 전달한다. 약간의 정적이 흐른 후 학생들은 필기할 준비를 한다. 90분 수업을 열강 하고 학생들 점수를 확인한다. 토익 RC 점수는 495점이 만점이다. 이 중에 RC 300점 이하인데 900점반을 수강한 학생들은 모두 나가 달라고 선포한다. 조교는 학생들 이름과 연락처를 받으며 대략 10명이 모인다. 이들은 나의 최우선 리스트가 될 친구들이다. 서로 눈치를 보며 누구 하나 말이 없다. 내 편으로 만들 수 있는 상황은 바로 이때뿐이다. 지금 당장 환불하라고 으름장을 놓는다. 말 한마디로 감정을 건드리고, 울려야 한다. 학생들은 죄송하다며 내게 부탁을 하게 된다. Day 2. 10명은 강의실 맨 앞줄에 앉으며 내 한마디가 곧 법이 된다. 이렇게까지 몰아붙이는 이유는 약대 준비를 위해 9월에 수강한 학생들이다. 9-10월에 토익 900점을 받아 가산점으로 약대 시험을 잘 보기 위함이다. 문제는 너무 지친 상태로 나를 만나게 된다. 핑계와 어려움이라는 모호함보다는 분명한 목표 설정과 감정이입이 필요할 뿐이다. 강의는 순조롭게 진행되고 10명의 학생은 약대 일정이 끝나면 연락이 온다. 진짜 악당 같다며, 츤데레 강사라고. 실제로 최선을 다했음에도 환불해 준 경우는 5명이 있다. 이 친구들은 오히려 죄송하다며 커피를 들고 찾아온다. 이때 마시는 한 잔의 여유로움. 강사는 카리스마가 필요한 게 아니라 상황에 맞게 연기를 한다. 나의 페르소나는 여러 가지다.

강사는 멘탈이 강해야 할까요?

　　프로야구 팬이라면 야구는 투수 놀음이라는 표현은 익숙하다. 투수는 본인이 원하는 곳에 공을 넣을 수만 있다면 그날 경기는 무실점으로 막는다. 9회 말 마지막 아웃 카운트를 잡기 위해 마무리 투수가 마운드로 향한다. 동료 선수들의 파이팅 외침도, 상대팀의 야유도 동시에 듣는다. 연습한 것처럼 던지면 된다는 마음으로 큰 심호흡을 한다. 자세를 잡고, 손끝의 미세한 감각을 기억하며 공을 뿌린다. 큰 기합 소리와 함께 던져진 공은 마치 자석처럼 포수(공을 받는 사람) 글러브로 들어간다. 공을 치려는 타자는 투수를 노려보고, 응원석 야유는 더 커져간다. 혼신의 1구를 던지고 바로 그 순간 동료들의 함성이 들린다. 타자는 무기력하게 타석에서 물러난다.

누구에게는 단지 공일뿐이지만, 그 공 하나로 연봉이 정해지고 가족을 부양하게 된다.

토익은 한 팀으로 진행한다. RC 강사가 우직함으로 이끌어 가는 아빠라면, LC 강사는 챙겨주고 보듬어 주는 엄마이다. 단기 목표로 하는 시험영어는 무조건 잘해주면 학생은 공부를 귀찮아하게 된다. 결국 역할 분담의 문제다. 강사는 확실한 캐릭터가 있어야 한다. 오후 스터디 학생들을 챙기며 일정을 설명한다. 누군가 RC 스터디만 하고 싶다고 한다. 그것도 내 등 뒤에서 들리게끔 말이다. 듣기는 그냥 해석만 하면 된다는 식으로 얘기하니 그 주변 친구들이 동요하기 시작한다. 이럴 때 내가 머뭇거리면 눈앞에 있는 학생들에게 동기 부여를 해줄 수 없다. 왜 듣기 스터디를 해야 하는지 간략히 설명하고, 스터디에서 반응이 올 때까지 한쪽 구석에서 지켜본다. 밥시간이 언제였는지 기억조차 없다. 한 시간이 지났을까? 조교가 준 김밥 한 개를 입에 넣고 의자에 잠시 기대어 본다. 때마침 카카오톡으로 모든 스터디 멤버들이 과제 받고 갔다는 조교 메시지다. 내가 한마디에 무너지면 그 스터디는 없어지고, 시스템에 균열이 생기게 된다. 다음 달로 넘겨야 할 재등록 생들이 줄어들고, 스터디가 비효율적이라며 당일 환불도 발생한다. 이 모든 걸 감수하고 순간적으로 판단을 해야 한다.

아, 할 일은 계속 늘어난다. 관리 하면 할수록 실력이 늘기보다는 업무량에 숨이 막힌다.

강사 워크숍을 간혹 진행을 한다. 각 지점 대표 강사들이 모여 팀현황과 셀링 포인트를 공개한다. 베테랑급 되면 뻔한 스토리를 설명하고 영업 비밀은 철저하게 비공개이다. 나는 서울 OOO지점 대표강사라고 소개를 하며, LC 강사들의 힘든 부분을 공감 포인트로 잡는다. 강사들과 실무진 그리고 회장님이 동석한 자리로 약 40명 정도가 모인다. 강사의 매출 순위보다는 공감대 형성을 위한 스피치 시간이다. 첫인사말을 준비하기 위해 반나절을 고민 끝에 "LC 강사님 너무 힘드시죠? 누구 하나 알아주는 사람 없잖아요."이 한마디로 어떻게 바닥부터 현재까지 버티고 있는지를 설명을 한다. 매출의 변수는 RC 강사이고, LC강사는 무대 뒤에서 보조자 같은 역할이다. 빨리 가고 싶다면 혼자서 가면 된다. 멀리 가고 싶다면 팀워크로 함께 가야만 한다는 점을 소신껏 전달한다. 워크숍이 끝날 무렵, 10년 이상의 경력이 있는 OO 지역 1타 강사님이 발표를 잘 들었다며 먼저 인사해 주셨다. 토익 팀은 사이가 좋아 보여도, 실제로는 영업 매출을 위한 아이돌 그룹처럼 협업으로 움직이는 상황이 많다. 그러다 감정의 골이 깊어져서 팀이 깨지는 변수가 자주 생긴다. 왜 처음부터 LC 강의를 선택했을까? 희소성 때문이다. 이 정글 같은 시장에 들어온 건 토익 1세대 스타강사님의 권유에서 시작된다. 현재는 대학교에서 강의를 하며 토익 관련 교재 및 인터넷 강의를 한다. RC 강의는 논리력으로 풀어야 하니, 엄청난 준비가 필요하다. 희소성을 찾아서 LC 강의를 시작하는 게 좋을 수도 있다는 점이다. 롤 모델로 추천 받은 LC 강사는 마왕이라는 콘셉트로 활동하는 스타 강사이다. 상상이 가능할지. 300명의 강의실을 꽉 채우고, 바로 옆 강의실에는 대형 스크린으로 지켜보는 150명의 학생이 있다. 나도 학생의 입장으로 수업을 4개월을 듣는다. 토익 강사 3년 차 일 때는 현장 강의 4개월을 수강한다. 고수들의 실력을 벤치마킹하려는 전략이 필요하다. LC 강사는 스탠딩 개그를 하듯 청중들과 함께 호흡을 하며 3시간의 공연을 한다. 내가 언제쯤 저 무대에 서볼까?

새로운 판을 짜다?

　　7월 1일 6시 40분 종각역. 빠른 걸음으로 계단을 오르고 졸린 기분을 억지로 참아본다. 오늘은 방학 개강 첫날. 내가 만든 신(辛)토익 팀으로 첫 수업이 한다. 계속 머릿속에 한 가지만 떠오른다. 아침 1교시 7시 수업부터는 기선 제압을 하겠다는 자기암시를 끊임없이 한다. 15년 차 베테랑도 늘 첫날 수업은 긴장한다. 팀을 만들며 방학 개강만을 염원했던 지난 3월의 기억을 떠올려본다. 책상에 올려놓은 출석부를 챙겨, 바로 강의실로 향한다. 이제 종로는 내가 접수한다는 마음으로 신(辛)토익 RC 강의를 시작한다.

　　실전반 LC 강의를 하면서 영혼까지 쥐어 짜내듯 노

력을 해도 매출로서 인정을 받을 수 없다. 이번에 판을 바꿔보자. 3월에 팀을 교체한다. 좀 더 큰 그림을 그려 가며 매출에 대한 욕심이 생기게 된다. 그래서 처음 만든 브랜드명이 신(辛)토익이다. 공부를 미칠 정도로 시킨다는 게 유행이던 시절. 휴게실에서 우연히 신(辛)라면을 본다. 내가 언제 라면을 먹지? 맵고 시원한 느낌? 이 콘셉트로 신(辛)토익을 만든다. 3개월 후 내가 만든 반으로 오프라인 비공식 1등이 된다. 2010년 토익 강의를 시작하고 7년 만의 성과다. 이 과정이 순탄하게 만들어질 수 있었을까?

신(辛)토익 팀 첫 달은 학생 수 10명. 다시 신입 강사인가? 토익 강의 초기에 대학원 등록을 한다. 강남에서 일하는 토익 강사이니 부족함을 보여 주고 싶지 않았다. 친구들에게도 인지도 있는 강사가 되고 싶다. 모양 빠지는 모습이 싫다. 2010년 9월. 대학원 등록 문자를 보고, 급히 자동차를 처분했다. 어차피 대중교통으로 이용하면 된다. 또다시 반복되는 일상. 함께 하는 LC 강사는 신입이라 원래 애들이 없다고 생각한다. 나는 또 설득 한다. 신생팀이니 1년만 하면 월천만원은 가능하다는 마음으로 일한다. 내가 만든 팀이고, 신입 강사와 함께하니 팀워크에 집중 한다. 3월에 10명. 4월에 20명이 5월에는 40명이 된다. 주변 시선보다는 교통비조차 마련하기 힘들었던 기억을 하며 현실 안주함은 사치일 뿐이다.

7월 첫 방학 시작. 학원은 공식적으로 다른 팀을 홍보한다. 신(辛)토익은 철저하게 배제되며 전체 매출만 본다는 학원의 입장이다. 강사의 삶이 이렇다. 힘든 일은 참을 수 있지만, 그 힘든 일이 언제 끝날지 알 수가 없다. 7월 첫째 주. 신(辛)토익은 비공식 매출 1등을 하게 된다. 경쟁팀의 학생 수를 파악하는 방법은 여러 가지다. 교재 판매 수와 팀별 스터디 인원을 파악하면 된다. 매달 인원수 대비 스터디 가용 인원을 보니 대략적인 계산이 선다. 나 또한 매출 현황을 매달 확인을 한다. 늦은 밤 9시쯤 전체 명단을 파악하며 수업이 아닌 야근 횟수가 빈번해진다. 퇴근하던 다른 강사가 넌지시 알려준다. 등록 데스크에서 한 팀만 밀어주며 등록 유도를 하고 있다는 사실. 내가 아무리 막아 보려 해도 적들의 파상공세는 예측 불가다. 방학을 무사히 끝내는 동안 주 2회 이상은 팀 회의를 한다. 보완할 점을 찾아가며 무엇일지 함께 고민해 보는 시간이다. 방학이 끝날 무렵 단체 회식을 하며 함께 일해준 조교들에게 고맙다고 인사를 하고, 회식 장소에서 빠져나온다. 좀 더 편한 자리를 만들어 주고자 함이지만 이미 마음은 재등록 명수만 생각하고 있다. 한잔 더 하고 싶지만, 종각역 막차라는 방송이 들린다.

내가 있어야 할 곳

12월 초, 신(辛)토익 팀으로 준비하는 두 번째 방학을 준비한다. 조교들과 시간표 분석을 하며 전략을 세운다. 학원 내 경쟁팀은 강사가 3명으로 3개의 수업이 아닌 2개의 반으로 수강인원을 받는다. 무조건 신(辛)토익을 잡는다는 전략이다. 그래, 원하는 만큼 밟아. 더 견고해질 테니. 이 부분을 알게 된 건 조교들 때문이다. 시간표가 이상함을 실장 조교가 파악한다. 돌아가는 상황을 보니 겹쳐서 등록시킨다는 걸 재확인하게 된다. 학원이 매출을 늘려 보기 위해 마지막으로 쓰는 카드이다. 내부 경쟁 속에서, 내가 무엇을 하는지 모니터링하는 게 느껴진다. 파트너 강사는 우리가 제일 잘하는데 왜 이런 취급을 받아야 하냐며 속상함을 토로한다. 나는 끝까지 간다. 우리가 인원이 많으니 힘냈으면 좋겠다고 다독여 본다. 1월 매출 현장 강의 1등을 해도, 인정해 주는 사람은 없다. 눈앞에서 보이는 모습들로 멘탈 잡기가 쉽지 않은 일이다. 어떻게 이토록 참아냈을까? 그날을 잊을 수 없다.

12월 중순 1월 대비 미팅을 한다. 지난여름 방학 1등 매출을 예를 들며 방학 대비 광고 제안을 한다. 1등을 밀어주면 풍선효과로 주변 팀들이 성장 하게 된다. 제안을 듣던 원장은 답변 대신 그의 시선은 테이블 위에 카탈로그에 멈춰 선다. 카탈로그에는 전 지점 1등 대표반 사진들이다. 방학 대비 광고는 카탈로그 모델을 의미하며, 대표팀이라는 상징성을 갖는다. 이것이 1타 강사이며, 내가 제일 잘나간다는 의미다. 원장은 물끄러미 나를 한번 보더니, 카탈로그 한 권을 가리키며 그날의 미팅을 끝냈다. "이 팀 잘 알죠? 두 분이 개인적으로 친하잖아요? 이 팀만큼 보여주세요. 그러면 단독 광고 지원합니다. 강사가 광고 없이도 혼자서 잘해야죠." 내가 만든 팀은 종로에서 1등이지만 전국 1등을 잡기에는 격차가 심했다. 평일에는 술을 마시지 않았지만, 퇴근 후 가는 길에 소주 한 잔이 생각나던 하루였다.

1월 개강 전 파트너 강사와 목표만 생각했다. 수업 시간 이후에는 1층과 데스크에 상주하며 학생상담을 계속한다. 핸드폰 판매장에서 손님을 잡으려는 모습과 유사하다. 나는 하루에 10명씩만 등록시켜보자는 마음으로 전념한다. 강사의 영업 능력은 필수이며, 학생들의 토익 점수 보장은 기본이 된다. 엘리베이터 문이 열리고 학생과 어머님이 보이면 인사부터 한다. 역시나 과정은 없고 결과만 생각한다. 중, 고등부 학원에서 연습했던 전화 상담 스킬, 스터디 관리로 익힌 영업력으로 무조건 등록 사인을 받는다. 1월 개강 전날 현장에서 등록시킨 학생 수는 50명이다. 데스크로 가면 특정 팀을 추천하니 돌아가는 상황을 좀 더 기민하게 파악한다.

개강을 하고 3일이 되었을 때 조교들은 다른 팀 스터디 인원을 오픈된 공간에서 빠르게 확인한다. 실장 조교에게 현장 상황을 듣고, 교재 판매 부수도 모두 파악을 한다. 경쟁팀 스터디 인원은 신(辛)토익의 절반이다. 1등은 외롭다. 스포츠에서 전년도 우승팀을 디펜딩 챔피언이라고 한다. 경쟁팀의 견제는 일상이 되고, 자리가 사람을 만든다고 한다. 방학 때는 스터디 팀들에게 상품을 주는 이벤트를 한다. 즉, 공부를 시키려는 목적으로 1위 부터 순위를 매겨가며 회식비 지원과 상품을 받는다. 조별 최대 10만 원 상당의 상품이니 학생들에게는 종강하는 날 회식비로 쓰기에 좋은 당근이다. 조교는 매뉴얼대로 움직인다. 과제 체크와 출결 확인. 그리고 상담으로 이어지는 방식으로 직접 모두 지휘를 한다. 현장의 호흡은 빠르게 흐른다. 종강 날 스터디 1위~5위 팀은 모두 신(辛)토익이 가져간다.

스터디 멤버들과 조교들이 함께하는 회식 자리에 잠깐 인사를 하러 간다. 조교에게 회식비를 좀 더 건네주며 모두 다 귀가했는지 확인하도록 전달한다. 미팅할 때마다 매출이 계속 오르는 이유가 무엇인지 자주 묻곤 했다. 운영진이 늘 도와주고, 파트너 강사와 조교들 때문이라는 답으로 응수한다. 내부 경쟁이라니? 옆 동네 다른 학원을 잡아야 하는 게 아닌가? 강남에서 반정리 되며 나올 때 다짐을 했다. 이곳을 나갈 때는 내 결정으로 한다는 마음으로 일을 한다. 경쟁사 강사의 수업은 계속 모니터를 하고, 수업 내용 준비를 계속한다. 디펜딩 챔피언은 빈틈이 없어야 한다. 파트너 강사는 지나가는 말로 묻는다. '원장님과 왜 그렇게 사이가 안 좋아요?' 잠시 침묵이 흐르고. '글쎄요. 강남에서 해고했는데 제가 오래 버티는 거 같아요.'

에필로그

　누구 하나 도움 없이 스스로 해결해 가며 지금도 강사 생활을 한다. 신입강사 시절은 밤길 운전을 하는 초보 운전자처럼, 라이트가 비추는 만큼 앞을 보며 목적지로 갔다. 지금은 경험이 생기니 시야는 넓어지고 다소 힘들어도 견디고 있다. 주변의 견제 대상과 늘 공생한다. 이 정글 속에서 생존하는 법을 익히며 보람을 느낀 적이 있는지 스스로 자주 묻는다.

　하는 일이 즐거운가? 새벽 출근을 하며 두 정거장 지나서 내린 적도 있다. 놀란 가슴에 진정하기 보다는 본능적으로 환승하며, 시간 내에 도착한다. 앞만 보고 뛰는 모습에 왜 그리 강사 일에 집착 하는지. 학생일 때 영어 연극 스태프로 무대 뒤에서 공연을 봤다. 커튼콜 인사를 하는 배우를 보며 무대에 선다는 기분이 어떨까? 강사가 되고 내가 꿈이 있었나? 하며 일만 한다. 그리고 딱 한 번의 기회가 온다. 200명가량의 학생들 시선을 받으며 계단을 오르고, 무대 중앙에 선다.

나는 연기 대신 강의를 한다. 짧은 에세이를 끝으로 내가 왜 일해야 하는지를 기억하는 시간이 된다.

허창배

.
.
.

국제정치, 유럽정치, 한반도 국제관계에 관심이 많은 정치학분야 신진연구자다. 다수의 대학 및 연구기관에서 일한 경험이 있으며, 2020년 1월 결혼, 코로나 19가 확산된 위험사회에서 허니문을 꿈꾸고 있다. 대표논문으로는 "평화의 과정: 보스니아 평화협정, 사라예보에서 데이튼까지"(「국제정치논총」 2019)와 "유럽연합 에너지 협력 실패에 대한 이론적 소고: 나부코 프로젝트 사례를 중심으로"(「21세기정치학회보」 2019), "지역의 선택: 우크라이나와 몰도바 국내정치와 지역무역협정 정책"(「동유럽발칸연구」 2018) 등이 있다. 대표저서로는 『루마니아: 미완의 혁명』 (서울: 한양대학교 출판부, 2018) 등이 있으며, 『분쟁의 평화적 전환과 한반도: 비교평화연구의 이론과 실제』 (서울: 박영사, 2020) 공동 집필에 참여하였다. 현재 한국평화연구학회, 21세기정치학회의 정회원으로 활동하고 있다.

면허 없는 공장장 토끼와 A.R.M.Y를
꿈꾸는 호랑이의 신혼일기

: Ⅰ 포화 속에 핀 희망의 꽃

프롤로그

여보!! 오늘이 2020년 10월 27일이야. 우리가 만난 지 딱 2년째 되는 날. 휴가 쓰고 같이 여행을 가도 모자랄 판에 야근에 학회 참석, 뒤풀이까지 하고 늦게 들어가는 죄, 죄를 씻을 길이 없단다. 그래도 추웠지만 너무 따뜻했던 그날, 골든아워가 흐르는 풀떼기 먹었던 그날을 추억하면서 이렇게 짤막한 글을 쓰고 있어.

오빠가 요즘 바쁘게 다니고 있는데 여보에게 꼭 주고 싶은 게 있어서 그래. 오빠의 마음을 무사히 전할 수 있었으면 좋겠는데… 글 쓰는 게 참 쉽지 않네. 논문 쓰는 것도 어렵지만 이렇게 우리 이야기를 쓰는 게 더 어려운 것 같아. 조언을 받아 재미있게 쓰고 싶었는데 욕심이 앞서 조금 이상한 글이 돼버린 것 같기도 하고.

요즘 가끔 지친 모습을 보여주는 것 같아 미안해. 그래도 항상 기쁜 마음으로 뛰고 있으니까 너무 걱정하지 말고. 여보, 항상 고맙고. 사랑한단다. 여보가 준 목도리, 그 마음, 오빠가 온전히 돌려줄 수 있는 그날이, 빨리 왔으면 좋겠어.

올 연말은 우리 근사한 곳 가서 맛있는 식사하고, 좋은 추억 많이 남기자.

사랑합니다!

1. 늑대 사자 타조 그리고 양

국제정치를 공부하는 사람들에겐 매우 익숙한 이름이 하나 있다. 스웰러(Randall Schweller)는 무정부적 국제질서 속에서 모든 국가의 목표는 생존이고 현상유지를 추구한다는 왈츠(Kenneth Waltz)의 주장을 반박하면서 국가들의 행동 동기는 이익(interest)이며 따라서 단순히 생존 이상의 목표를 추구하는 국가도 존재한다고 주장했다. 스웰러는 힘의 크기와 이익 성향에 따라 국가를 몇 가지 범주로 구분하였다. 힘의 분포에서 상대적으로 많은 포션을 차지한 국가는 강대국, 그렇지 않은 국가는 약소국이며, 국가의 성향에 따라 현상유지 국가, 현상타파 국가가 존재한다는 것이다. [1]

아, 물론 토끼와 호랑이 이야기에 스웰러의 이론을 탑재할 생각은 없다. 재미있는 것은 스웰러가 자신의 이론을 설명하기 위해 국가들을 동물에 비유했다는 것이다. 스웰러는 현상유지 성향을 보이는 약소국들을 '양'에 비유했고, 현상타파적 성향이 강한 강대국은 늑대, 현상유지 성향이 강한 강대국은 사자, 이 두 진영 모두에 무관심한 강대국은 타조로 설명했다. 눈치 챈 사람도 있겠지만 늑대는 2차대전 중 유럽을 삼키려 했던 나치 독일, 사자는 독일의 욕망을 누르고 기존의 질서를 유지하려 했던 처칠의 영국, 타조는 유럽에서의 전쟁에 무관심했던 위대한 고립주의자 미국을 뜻한다.

---

1) 이와 관련된 자세한 내용은 다음을 참조할 것.
Randall L. Schweller, "New Realist Research on Alliances: Refining, Not Refuting, Waltz's Balancing Proposition," The American Political Science Review Vol. 91, No. 4 (December 1997), pp. 927-930.

2. 등장인물

〈호랑이〉는 늑대, 사자, 타조에 버금가는 강한 존재이며, 현상타파적 성향이 뚜렷하게 관찰된다. 부평공장 다섯 중에서는 가장 유리한 힘의 분포를 갖고 있다. 스물아홉 여자 호랑이의 원산지는 본래 거친 뱃사람들의 고향 인천/부천 지역이며, 내륙지역인 대구에 정착하게 된 것은 전적으로 우연이었다. 대구에서는 살찐 여우와 두더지를 거느리고 살았으나 대구를 떠나 광명으로 올 때는 핑크색 캐리어 하나만이 그녀의 곁을 지켰다. 토끼와 만나 결혼했으며, 코로나 19가 확산된 『위험사회』에서 (신혼)여행을 요구하며 토끼를 털고 있다. 불같은 성격에 매우 위협적이나 토끼의 눈치를 보는 등 소심한 면을 보일 때도 있다. BTS 굿즈인 〈BT21〉의 토끼 캐릭터를 좋아한다.

서른아홉 노총각 〈토끼〉는 면허 없는 논문 공장장이다. 쥐에 이어 부평공장 서열 5위인 토끼는 제한적 현상타파 성향을 가졌다. 학위가 없기 때문에 불법(?)으로 공장을 돌리고 있으나 실적은 적지 않다고 알려져 있다. 고향은 배트맨 굿즈가 잘 팔리는 대구이며, 서울을 거쳐 광명동굴에 정착했다. 본래 현금 부자로 급전이 필요한 친구들, 흔들리는 영혼들의 고민상담을 해 줄 정도로 여유가 있었으나 전쟁을 치르는 와중에 빈털터리가 되었다. 멘탈이 강하고 달변가이나 호랑이 앞에서는 영혼까지 탈탈 털리는 경우가 많다. 호랑이의 간택을 받아 시중을 들고 있다. 면허를 받아 합법적으로 영업하고 싶은 욕심에 오늘도 새벽을 가른다.

〈쥐〉 티라노로 불린다. 티라노라는 이름은 토끼가 제안하고 호랑이가 윤허하였다. 몸길이 18cm, 몸무게 약 250g의 우람한 몸집을 자랑한다. 시장 앞 프로방스 쇼핑몰 지하에서 맹수의 간택을 받았다. 날카로운 앞니가 위협적인 쥐는 광명동굴 시절 황금기 끝자락을 경험한 몇 안 되는 집안의 원로다. 사람으로 치면 팔순을 훌쩍 넘긴 나이의 쥐는 황혼의 땅거미가 내린 오늘을 잔잔한 쳇바퀴 소리로 채우고 있다.

〈고양이〉는 고양이 같은 강아지다. 코찔찔이 시절 하빕이 곰탱이와 레슬링 훈련을 했다면 고양이는 파보 바이러스와 싸워 이긴 용맹함을 자랑한다. 무지개다리를 건널 뻔 했던 그 사건을 계기로 불쌍함이라는 개인기를 장착하고 호랑이의 총애를 한 몸에 받으면서 헤비급으로 성장했다. 와와당 소속으로는 드물게 4.0kg 이상의 헤비급에서 활동하고 있지만 광명 오리로에서 병원을 운영하는 주치의로부터 라이트헤비급 전향을 권유받고 있다. 부평공장 가족 중 서열 2위이자 광명 토백이.

〈개〉는 생물학적으로 개과에 속하는 동물이다. 300g도 안 되는 풋내기 상태로 집에서 발견되었으며, 토끼가 신고했으나 퇴거 없이 지금까지도 잘 살고 있다. 산책을 하던 호랑이가 동네 펫샵에서 간택했다는 소문이 있으나 아직 정확한 실체는 밝혀지지 않았다. 저혈당 쇼크로 무지개다리를 건널 뻔 했으나 토끼의 기민한 대응으로 부흥로 병원 응급실에서 호랑이를 다시 볼 수 있었다 – 토끼는 이 공으로 특급칭찬을 받았다고 한다. 부평공장 서열 3위로 현재는 체급을 올려 1.2kg 이상의 와와 라이트급에서 활동하고 있다.

〈살찐여우〉는 대구에 사는 하얀 멍멍이다. 몸무게 14kg 정도의 중형 견종이지만 와와당과는 비교가 되지 않을 정도의 큰 몸집과 우렁찬 목소리를 자랑한다. 아, 쉬야의 양도 넘사벽. 와와 헤비급 챔프 정도는 눈빛 한방으로 꼬리 내리게 만들 수 있는 강한 존재이나 밥상을 털다 사단장님께 등짝 스매싱을 당하기도 한다. 꼬붕으로 두더지 한 마리를 두고 있다. 호랑이의 오른팔로 정신적 지주이기도 했으나 캐리어에 들어가지 않는 문제로 광명행 KTX 탑승을 거부당했다. 호랑이가 힘들 때 자주 참조되는 인물이기도 하다.

〈두더지〉는 요크셔테리어과의 소형 견종으로 마피

아다. 두더지 역시 어느 날 갑자기 대구 사단장님댁에서 발견되었다. 호랑이는 살찐여우의 꼬붕으로 두더지를 불러들였으나 오히려 살찐여우를 물고 펀치를 날리는 등 폭력적 갈등의 도화선이 되고 있다. 고양이의 꼬맹이 시절 무릎 꿇리고 구박했으나 나중에 와와 헤비급 챔프가 된 고양이에게 몇 대 맞고 개구리집을 내준다. 특기는 땅파기로 특히 마약 방석 아래를 잘 공략하며, 스텔스 기능이 있어 눈에 잘 띄지 않는다. 마약 방석 아래 숨어서 기동하며 사단장님 눈을 잘 피한다. 광명행 KTX에 오를 뻔 했으나 살찐여우가 탑승에 실패하면서 함께 대구에 남았다.

〈사단장님〉 장모님 ♡

3. 벌써 2년!?

　　2020년 10월 27일 오후 3시 24분, 토끼와 호랑이가 만나 사귄지 2주년 되는 날 오후, 토끼는 동대입구역 1번 출구 앞 TNT 카페 2층에서 꼰대라떼를 마시고 있다. 사실 주문한 음료를 받고 나서야 이름이 꼰대라떼인 걸 알았다. 그냥 "라떼 주세요!!" 했을 뿐인데. 장시간 출장으로 목이 탔고, 자리에 앉아 빨리 시원한 음료 한 잔 마시고 싶었을 뿐. 이제 '나 때는 말이야..'라는 말로 지난날의 아름답고 힘들었던 기억들을 성찰하는 마음으로 소환하려 한다. 아마도 지난 2년의 이야기를 한 번에 모두 꺼내놓을 순 없을 것 같다. 토끼는 지난 2년을 1화, 2화, 3화로 나누어 공개하려는 장기 전략을 구상 중이다. 어쨌든 이 이야기는 토끼와 호랑이의 지난 2년을 기록한 1화로 남녀가 만나 두 번의 전쟁을 지나는 과정을 담고 있다.

꼰대라떼를 벌컥벌컥 들이킨 토끼는 오늘 출판 기념회를 겸한 학회 행사에 참석할 예정이다. 예정 시간보다 3시간 반 앞서 도착한 이유는 이 원고를 완성하기 위해서다. 토끼는 사실 10월부터 극한 상황으로 내몰리고 있다. 단행본 원고에, 학회 발표 하나를 준비하고 있고, 학술지 논문 하나, 연구과제 2개가 최종보고를 앞두고 있다. 학위논문 준비도 빼놓을 수 없다. 여기에 스터디 2개가 격주로, 독립출판 수업도 일요일마다 돌아가고 있다. 국내 학술지 논문 원고 하나가 투고를 기다리고 있으며, SSCI 저널에 투고한 이스라엘 첨단무기 논문은 언제든 그의 휴식시간을 참수할 기회만 엿보고 있다.

TNT 소파에 널부러진 토끼는 카페인의 힘으로 겨우 정신을 차리고 오래된 맥북프로 레티나에 시동을 넣는다. 그가 호출한 앱은 벌레 먹은 사과사의 〈달려크〉와 고글사의 〈고글 뽀또〉 앱. 힘든 와중에도 이 무료 앱 두

가지면 언제든 과거로 돌아갈 수 있다. 다시 현실로 돌아오는 방법도 간단하다. 앱을 닫고 디스플레이 밖으로 시선을 두면 그 뿐. 다만 이 타임머신은 미래로 가는 건 불가능하다. 유일한 단점인 듯. 사실 그게 좀 아쉽지만 그래도 가성비는 괜찮다. 무료로 언제든 과거를 호출할 수 있으니까. 오늘 여기 TNT 카페에는 '전화해~♪ 지금 전화해~♪' 그런 가사가 계속해서 반복되고 있다. 누구 노래인지는 잘 모르겠지만 익숙한 멜로디.

4. (추웠지만) 따뜻했다, 목도리!!!

　　시간은 거꾸로 돌아 우리를 2년 전 광명으로 데려간다. 2018년 10월 27일 16시 하행선 KTX 18호차 8C석. 15시 26분에 광명을 출발해 동대구로 가는 KTX에 몸을 실은 토끼는 TNT에서 들었던 노랫말을 충실히 실천하고 있으나 호랑이의 목소리를 들을 수는 없다. '오늘 만나기로 했는데.. 약속을 잊어버린 건 아닐까?' 점점 초조해지는 토끼. 알면서도 모른척 18호차 열차의 맨 앞에서 탑승한 아주머니는 멍멍이든 가방을 들고 좁은 복도를 지나며 연신 카톡을 두드리는 누렁이 한 마리를 훑고 있다. 갈색 나이키 신발에 회색 셔츠, 짙은 갈색 슬림핏 바지, 갈색 코트의 완벽한 누렁이룩! 누렁이로 분한 토끼는 카톡개에 빙의되어 쉬지 않고 교신을 시도한다.

'제발 좀 전화 받으라고!!'

얼마나 지났을까 호랑이 통신에서 카톡을 보내왔다. 여자 호랑이측 주장을 정리하면 미용실 가서 2시간 머리하고 기다렸는데 갑자기 식은땀이 나면서 쓰러져 응급실에 있다는 것이다. 토끼는 호랑이의 상태가 걱정되면서도 약속이 무산될까 하는 마음에 제 발로 호랑이 굴로 간다고 말한다. "호랑이님 괜찮아요? 제가 그쪽으로 갈게요. 전철 타면 금방 가요." 토끼는 겁이 없다. 호랑이는 쿠팡 후레쉬를 떠올리며 입맛을 다신다. 잠시 침묵하던 호랑이는 마음이 바뀌어 미사일배송을 기다릴게 아니라 직접 사냥을 나가기로 한다. "지금 택시 탔어요. 금방 갈게요. 조금만 기다려줘요."

동대구역에 내린 토끼는 〈던킹〉에서 아메리카노 한 잔을 시켜놓고 홀짝홀짝 시간을 마신다. 그렇게 40분쯤 지났을까. 갑자기 자리를 박차고 일어난 토끼는 동대구역 맞이방 2층에서 예상되는 호랑이의 모습과 닮아 보이는 여자 맹수들을 하나씩 스캔하고 있다. '168cm 정도 키에 약간 통통한…' 매일 밤 통화로 이제 호랑이가 익숙하다 생각하고 있었지만 주말 저녁 이 많은 사람들 중에 실제로 호랑이가 누군지 가늠하기는 쉽지 않다. 그렇게 한참을 스캔하던 그때 울면서 애타게 누군가를 찾고 있던 한 여자 호랑이가 눈에 들어왔다. '혹시 저분?' 다가가 말을 걸 찰나, 토끼의 사과폰이 왕왕왕왕왕왕 진동하고 있었다. "저 방금 도착했어요. 토끼님 보고 있는데.. 저 안 보여요?" 뒤를 돌아보니 환하게 웃고 있는 그녀가 있었다. "머리도 화장도 엉망이에요. 미안해요. 늦어서..." 토끼는 괜찮았다. 그냥 모든 게 괜찮았다. "괜찮아요. 아픈데도 나와 줘서 고마워요." 그녀의 멋쩍은 미소를 뒤로 하고 세상은 잠시 하얗게 변했고, 둘은 마치 오래된 연인처럼 택시에 함께 올랐다.

토끼와 호랑이를 태운 택시는 동대구로를 지나 수성못역으로 미끄러지고 있다. 택시기사는 관광 가이드라도 된 듯 친절하게 수성호 주변 맛집들을 소개한다. 이곳이 한 때 토끼의 앞마당이었다는 건 알아채진 못한 듯. 호랑이는 호수 한 바퀴 돌자며 TBC 앞에 갑작스럽게 차를 세운다. 가을이지만 세찬 바람이 부는 초겨울 날씨. 호수공원 입구로 향하던 둘은 팔짱을 끼고 있다가 이내 손을 잡았고, 곧 방향을 돌려 가게에서 목도리까지 장착했다. 추운 날씨에 둘은 점점 밀착되었고 토끼는 체온 이상의 따뜻함을 느낀다. '아, 이 사람이구나' 이전에는 느껴보지 못한 따뜻함에 토끼는 기분이 좋다. 다이어트 중인 호랑이 덕분에 둘은 의사양반 식당에서 풀떼기를 먹는다. 횡으로 자른 계란과 시큼한 소스로 버무린 풀, 그리고 계란과 버섯. 배고프지만 먹지 않아도 배부른 저녁, 머스그레이브스(Kacey Musgraves)의 골든아워가 흐른다.

5. 두 줄

해가 바뀌고 장소는 광명동굴. 법적으로 부부가 된 토끼와 호랑이는 평화로운 저녁을 즐기고 있는 것처럼 보인다. 정적을 깨는 건 역시 호랑이. '오빠! 두 줄이야!!' 이 한 마디에 긴장한 토끼는 희망으로 상기된 호랑이와 임테기를 번갈아 바라본다. 끝이 뭉툭하여 아이스크림 막대처럼 생긴 임테기. 토끼의 눈에는 한 줄은 선명한데 다른 한 줄은 희미하다. 그러나 희미하다고 그게 줄이 아닌 건 아닐 것이다. '아! 두 줄이다.' 전술적인 면에서 볼 때 제2차 세계대전에서 독일의 패배는 두 개의 전선을 동시에 운용하면서 오는 다양한 문제들로부터 비롯되었다고 생각하는 토끼. 영국 등 일부 국가들을 남겨놓은 상태에서 동부전선이라는 지옥문을 연 히틀러

처럼 토끼는 다수의 전쟁에 휘말리며 점차 위기로 빠져들었다. 누구를 탓할 수도 없었다. 이 모든 것이 그의 선택이었기 때문에.

며칠이 지나고 광명사거리의 한 산부인과 병원. 토끼와 호랑이는 앞머리가 조금은 시원한 남자 의사 앞에 앉아 설명을 듣고 있다. "임신입니다. 임신은 임신인데 아기도 작고 아기집도 작아요." 둘은 이미 다른 병원을 몇 차례 방문했지만 그 흔한 "축하합니다. 임신입니다"라는 말을 한 번도 듣지 못했다. 첫 번째 전선(frontline)이 열리는 순간이었다. 토끼는 토끼 주니어가 잉태되었다는 소식에 기쁘면서도 아기의 상태와 면허증 공부, 경제적 문제 등과 같은 현실적 문제를 걱정하지 않을 수 없었다. 호랑이가 버스와 전철로 출퇴근 중이고 스트레스를 많이 받는 직업이라는 점도 토끼를 불안하게 만들었다. 토끼는 호랑이를 안심시키면서 내적 동요를 들키지 않으려 애쓰고 있다.

병원을 다녀온 호랑이는 하얀색 패브릭 소파에 무

거운 몸을 털썩 눕힌다. 토끼는 바닥에 앉아 그런 호랑이를 물끄러미 바라보고 있다. "아기집이 작대. 우리 집도 너무 작고, 오빠도 무뚝뚝하고 너무 답답해!!" 신경이 곤두선 호랑이가 참아왔던 불만을 쏟아내며 토끼를 탈탈 털고 있다. 토끼의 논문 공장이자 편안한 아지트였던 광명동굴은 신혼의 보금자리 역할을 하지 못하는 것 같다. 토끼에게도 호랑이에게도 불편한 공간으로 변해가는 광명. 호랑이는 사실 불면증이 있다. 돌이켜보면 5시간 36분을 통화했던, 호랑이를 처음 알게 된 그날로부터 새벽에는 늘 깨어 있는 호랑이다. 어쨌든 광명에서도 뜬 눈으로 밤새우는 날이 많다는 게 문제다. 덩달아 토끼도 잠을 설치는 날이 많은 요즘이다. KTX 광명역에 도착한 막차가 나지막한 신음을 뱉으며 플랫폼을 빠져나간다.

다음 날 무거운 발걸음을 끌며 반포동 공장에 출근한 토끼는 〈튼튼이〉의 초음파 사진과 임신테스트기를 액자로 만들어 걸며 오랜만에 미소 짓고 있다. 이럴 때 보면 참 단순한 토끼다. 토끼의 연구실 문은 투명 유리

문으로 되어 있어 밖에서도 안이 훤히 보이는 구조다. 공장 관리를 담당하는 몇몇 여직원들의 수근거림이 들리지만 개의치 않는다. 토끼는 액자만 보면 힘이 난다. 호랑이의 꾸중도, 밤잠을 설친 피로도, 연구 용역을 준 이들의 갑질도, 업계의 빌어먹을 관행 따위도 이 순간만큼은 아무것도 아닌 게 된다. 그냥, 그냥 좋으니까. 튼튼이는 토끼에게 그런 존재다. 존재만으로도 큰 힘이 된다.

2019년 3월 16일 어느 평화로운 토요일 오후. 과도한 업무 스트레스로 결국 회사를 그만둔 호랑이는 집에 혼자 있으니까 너무 외롭다며 '간택'을 요구했다. "오빠, 강아지 입양하자. 강아지 데려오기만 하면 내가 응가 목욕 밥 다 챙길게. 강아지 데려오자, 제발!" 토끼는 선뜻 긍정적인 답을 올리지 못한다. "글쎄, 임신 중이고 아기 키울 집에서 멍멍이가 과연 좋은 선택일까?" 토끼는 신하된 도리로 간언을 올리나 용상에 앉은 자는 빨간색 신호등은 보지 못하는 것 같다. 다시 간언을 올리는 토끼 "그러시면 나중에., 천천히 생각해보시자." 얼마나 시간이 흘렀을까. 토끼와 호랑이는 안양으로 가는 택시에 몸을 싣고 있다. 일직동 부부의 보금자리에서 가장 가까운 펫샵이 안양에 있다는 첩보가 입수된 직후 전격적으로 이루어진 일이다. 관양동 대로변에 위치한 펫샵에서는 다리가 유난히 튼튼하게 생긴 검둥이 한 마리가 토끼를 노려보고 있다. 두 번째 전선이 열리는 순간, 고양이였다.

2019년 3월 29일 깨고 싶지 않은 날 아침. 무거운 몸을 이끌고 새벽같이 반포동 공장에 출근한 토끼가 분주한 모습이다. 학술대회 발표 원고를 제때 전달하지 못한 토끼는 원고 200부를 직접 생산하고 있다. 핑계 같지만 토끼가 미리 준비를 못한 이유가 제법 설득력 있게 들린다. 돌이켜보면 지난 주말 안양 펫샵에서 간택한 검은 고양이가 많이 아팠다. 구토와 설사를 동반한 식사 거부. 온 가족이 다함께 오리로 병원을 방문했을 때 진단키트는 파보 바이러스 양성반응을 나타내고 있었다. "90% 죽는다고 봐야 합니다. 입원기간도 길고 치료비가 워낙 많이 들어서 버리는 사람도 많아요." 오리로 병원 원장님은 쉽지 않은 싸움임을 단단히 주지시킨다. 죽음의 그림자가 고양이를 옥죄고 있었다. 호랑이는 펫샵과 거친 통화를 마친 후 연계병원인 밀리어네어병원으로 고양이 이송을 허락한다.

2019년 3월 25일. 반포동 공장에 출근한 토끼는 일이 손에 잡히질 않는다. 고양이 사진을 보내달라고 부탁했는데도 요지부동인 연계병원. 토끼는 병원 문 여는 시간에 맞춰 전화를 넣는다. "호랑이가 임신 중이에요. 고양이 걱정을 많이 하고 있으니 사진 한 장 보내주실 수 없을까요?" 여자 이름을 가진 남자 원장의 목소리는 차갑다. 24시간 케어 병원도 아니고 규정에 어긋난다는 것이다. 결국 공장 일을 뒤로하고 토끼는 고양이를 면회하러 서울의 서쪽으로 달린다. 병원을 방문한 토끼는 썰렁하고 얼음장처럼 차가운 입원실 분위기에 놀랐다. 그 많은 병실 중 오직 단 한 곳, 우리 고양이의 병실에만 불이 켜져 있다. 혼란스러운 토끼. 고양이를 마주한 토끼는 한눈에 상태가 악화되었음을 느낀다. '알려야 한다. 호랑이에게 알려야 한다!!'

토끼는 퇴근 즉시 호랑이를 알현하고 고양이가 위급한 상황임을 알린다. 그러나 쉽게 퇴원 허락이 떨어지지 않는다. 토끼의 보고에 호랑이도 걱정이 되지만 환자가 위중한 상황에서 병원을 옮기는 결정을 쉽게 할 수 없는 호랑이였다. 결국 호랑이를 직접 수행하게 된 토끼. 고양이를 직접 면회한 호랑이는 가까운 오리로 병원으로 이송을 허락한다. 여자 이름 원장에게 그동안의 진료 기록을 요구하는 호랑이. "고양이 진료기록부랑 혈청 치료 내역 주시겠어요?" 호랑이의 요구에 여자 이름 원장은 적지 않게 당황한다. 갑자기 퇴원 수속에 30분은 걸린다며 고양이를 보여주지 않는 원장. 결국 고성이 오가고 험악한 분위기 속에 돌려받은 고양이. 몸이 차갑게 식고 있다. 돌아오는 택시 안. 호랑이와 토끼는 진료기록부를 확인한다. 내용이 없다. 고양이는 그렇게 연계 병원에 방치된 채 두려운 마음으로 죽음을 견뎌온 것이다.

같은 날 늦은 오후. 고양이는 최초 파보 진단을 받은 오리로 병원으로 돌아왔다. 혈청 치료제와 수액 주사를 맞고 있는 고양이. 계속 눈이 감긴다. 어쩌면 마지막이 될지도 모를 이 순간을 동영상으로 남기는 토끼와 호랑이 부부. 4시간 정도 지났을 무렵, 주치의는 입원 수속을 안내한다. "어쩌면 이렇게 그냥 가버릴 수도 있는데.. 오늘은 저희가 데리고 잘게요. 내일 아침에 다시 병원 오더라도..." 마지막 순간은 함께 하고픈 호랑이. 그렇게 수액 줄을 단 택시는 오리로를 도망치듯 미끄러져 달린다.

같은 날 밤 광명동굴. 상태가 호전되는 듯 보였던 고양이는 구토와 설사를 계속하며 무지개다리의 양 극단 사이 어딘가를 표류하고 있다. 몸은 계속 떨렸고, 패드까지 갈 힘이 없어 몇 걸음 기어가다 주저앉기를 반복하면서 때로는 호랑이 품에 가까워지기도 하고 때로는 무지개다리의 북단에 근접하기도 했다. 그러던 와중에 갑자기 수액 줄이 빠졌다. "안 돼, 안 돼 내 새끼…." 호랑이는 흐르는 눈물을 감출 수 없다. 24시간 응급의료기관이 아닌 오리로 병원은 전화를 받지 않았다. 토끼는 숨넘어가는 고양이를 안고 소하동 응급의료센터 계단을 뛰어 오르고 있었다. "아 시팔!!" 토끼는 욕을 하고 소리를 질렀다. 토끼가 올라간 계단은 3층이 막다른 길이었다. 오피스텔 건물의 3층에 있었던 응급센터는 1~3층까지의 상가와 4~10층 세대의 계단이 분리되어 있었던 것이다. 무거운 몸을 안고 뒤따라온 호랑이는 그런 토끼를 나무랐다. 탈탈 털리면서 계단을 뛰어 내려가는 토끼. 그렇게 둘은 엘리베이터를 통해 3층 응급센터로 향했다.

시간은 늦은 밤을 지나 새벽을 가리켰다. 토끼와 호랑이는 당직 수의사에게 고양이의 파보 투병 사실을 알리고 수액 줄을 다시 연결해줄 것을 부탁했다. 치료실로 들어간 고양이. 수액 줄 다시 연결하고 수의사 품에 안겨 나올 줄 알았던 고양이는 소식이 없고 안에서는 나지막한 비명소리가 고통스럽게 계속된다. 열린 치료실 문틈으로 본 수의사는 고양이를 매우 거칠게 다루고 있었다. 좀처럼 수액 줄을 못 잡는 수의사. 고양이는 구토와 설사를 반복하며 마지막을 재촉했다. 이번에는 호랑이가 폭발했다. "수의사라는 게 수액 줄 하나 못 잡고, 아기를 저 지경으로 만들어놔요?" 토끼의 만류에도 호랑이의 공격은 계속되었다. 수의사도 소리를 지르기 시작했다. 수의사를 말리던 토끼. 토끼의 눈빛은 점점 변하고 있었다. 막말하며 달려드는 땅딸막한 수의사의 가슴을 손바닥으로 막은 토끼. 토끼는 수의사를 내려다보며 눈빛 제압을 시도한다. 격정의 밤이었다. 예의 없는 수의사를 잡고 훈육하기엔 고양이에게 남은 시간이 너무 짧았다. 소득 없이 다시 동굴로 돌아온 셋. 쥐의 잔잔한 쳇바퀴 소리가 유난히 크게 들린다.

동틀 무렵. 소득 없이 돌아온 토끼와 호랑이는 마음을 비우고 고양이의 마지막을 배웅해주기로 한다. 포카리 한 잔 마신 고양이는 마지막 순간을 보여주지 않으려는 듯 연신 구석을 향해 숨어든다. 호랑이는 야윈 고양이를 이불 속에 넣고 쓰다듬고 있다. 시간이 흐르면서 고양이는 조금씩 잠에 빠져든다. 토끼는 고양이를 이대로 재워야 하는지 아니면 깨워야 하는지 갈피를 못 잡는다. 호랑이는 그렇게 잠든 고양이가 다시 깨어나지 못할까봐 불안하다. 해가 조금씩 떠오를 무렵 심하게 몸을 떨면서 식어가는 고양이. 호흡도 매우 거칠다. "내 새끼 안 돼. 그렇게 가지마. 제발. 이렇게 가면 안 돼!!" 울부짖는 호랑이의 품에 안긴 고양이는 편안한 표정을 하고 있다. "사랑해! 우리 아기, 사랑해." 기나긴 밤이 그렇게 끝나고 있었다.

다시 3월 29일. 생산한 발표 원고를 챙겨 삼청동으로 향하는 토끼의 발걸음이 무겁다. 임신한 몸으로 격동의 한주를 보낸 호랑이가 어제 결국 입원한 것이다. 하혈을 계속하던 호랑이는 광명사거리의 다른 병원에 입원중이다. 토끼는 밤새 호랑이의 곁을 지키다 새벽이 되어서야 병원을 빠져나왔다. 정신을 병원에 두고 온 토끼. 논문 발표 준비도 못한 상태로 삼청공원을 걷는다. '내 아기 튼튼이가, 튼튼이가 자랄 공간이 없다.' 토끼는 발표 준비도 포기하고 걱정만 적립하고 있다. 학술대회가 시작된 삼청동 대학의 강의실. 이곳 강의실은 특이하게 지하에 강의실이 모여 있다. 맨 마지막 발표 순서를 받은 토끼는 학술대회 사진 촬영이 싫다. 수염도 덥수룩하고 머리도 길어 몰골이 엉망인 토끼였다. 찜찜한 사진 촬영으로 시작된 학술대회가 중반에 다다랐을 무렵 호랑이 통신으로 병원에서 연락이 왔다.

"오빠, 튼튼이가.. 튼튼이가 심장이 뛰지 않는대. 나

아무래도 수술할 것 같아.." 한 방, 한 방 크게 언어맞은 느낌의 토끼. 쉬이 정신이 들지 않는다. '튼튼이의 심장소리를 처음 들었던 날이 아직도 생생한데 심장이 뛰지 않는다니...' 토끼는 마음의 동요를 억지로 누르며 사회자에게 긴급 상황을 알린다. 급하게 순서를 바꾸는 사회자. 토끼는 다른 발표자에게 양해를 구하고 발표를 시작한다. 발표를 하면서 식은땀을 흘리는 토끼. 토끼가 앉은 자리는 이내 축축해진다. 발표를 마친 토끼는 "죄송합니다, 먼저 일어나겠습니다" 한 마디를 남기고 도망치듯 지상으로 뛰어오른다. 감사원 앞에서 택시를 호출한 토끼는 기다리지 못하고 때마침 도착한 마을버스에 황급히 몸을 싣는다. 택시를 잡을 수 있는 곳을 찾던 토끼. 광명사거리까지 전철을 타기로 마음을 바꾸고 하차 벨을 강하게 타격한다. "삐-삐이이익!!" 전철역 앞에서 속도를 줄이던 마을버스는 토끼가 발을 내딛는 순간 갑자기 급출발을 하면서 토끼는 무거운 노트북 가방을 멘 상태로 아스팔트 바닥에 내동댕이쳐진다.

"저기.. 괜찮아요? 죄송합니다. 제가 후사경을 안

보고 출발해서..." 무릎 꿇은 상태로 떨어져 쉽게 몸을 일으키지 못하는 토끼에게 운전기사가 사과의 말을 건넨다. 화가 난 토끼는 아버지뻘 되는 마을버스 운전기사에게 확실하게 따지고 싶지만 시간이 없다. "아니, 내렸는지는 보고 출발하셔야죠!!!" 날카로운 음성을 뱉은 토끼는 급한 일이 있다며 도망치듯 전철역을 향해 뛰기 시작한다. 그 모습을 멍하니 바라보는 버스기사. 좌우로 흔들리는 백팩을 부여잡으며 점점 작아지는 그를 바라본다. 그렇게 달리고 달려 광명사거리역에 도착한 토끼. 토끼는 "오빠 지금 올라간다. 빨리 못와서 미안해!!" 짧은 카톡을 남기고 광명사거리역 계단을 뛰어오른다. 그렇게 뛰어 올라간 병실. 호랑이는 울고 있다. "왜 이제야 왔어. 튼튼이가.. 튼튼이가..." 눈시울이 뜨거워진 호랑이는 호랑이를 꼬옥 안아준다.

　　호랑이가 준비하는 동안 복도에 기다리고 있던 토끼에게 수술동의서를 내미는 간호사. 토끼는 말없이 수술동의서에 사인을 한다. "수술 끝나고 들어가는 영양제가 있어요. 3만 원, 8만 원, 15만 원짜리 있는데... 어떤

거 넣어드릴까요?" 토끼는 망설임 없이 대답한다. "15만 원이요" 토끼는 지금 이 상황이 빨리 끝났으면 하는 바람이다. 너무나 고통스러운 시간이다. 호랑이도 아마 같은 마음일 듯. 토끼는 수술실로 들어가는 호랑이의 손을 꼭 잡는다. "괜찮아.. 괜찮아.." 수술실 문이 닫히고 토끼는 수술실 문을 한동안 멍하게 바라본다. 토끼와 호랑이는 그렇게 두 번의 전쟁, 그 치열했던 순간을 지나고 있었다. 한 시간 반쯤 지났을까. 마취가 깨면서 극심한 고통을 호소하는 호랑이가 회복실로 들어왔다. "괜찮아?.. 괜찮아?.. 수고 많았어. 오빠가 많이 미안해. 미안해.." 아프다고 비명을 지르던 호랑이가 토끼에게 딱 한마디 쏘아붙인다. "넌,.. 넌 왜 안 울어? 넌 왜 이 순간이 아프지 않아? 나만 힘든 거야?" 회복실에는 그렇게 긴 그림자가 드리워져 있었다.

에필로그

　　사실 토끼가 눈물을 보이지 않은 것은 아니다. 삼청동에서도 광명3동에서도 토끼는 눈물을 흘리고 있었다. 힘든 내색을 하지 않으려 했을 뿐. 그러나 객관적인 시각에서 중요한 순간에 눈물이 부족했던 건 부인할 수 없는 사실인 것 같다. 어쩌면 평생 갈지도 모를 약점을 잡힌 토끼. 그러나 토끼는 약점보다는 호랑이 마음의 상처가 더 걱정되는 상황이었다. 튼튼이를 놓지 않기 위해 유산 방지 주사를 매일같이 맞았던 호랑이는 튼튼이를 놓지 않기 위해 할 수 있는 모든 걸 다했다. 그러나 결말은 비극적이었고, 그렇게 호랑이는 그늘 속으로 몸을 감추고 마음의 문을 닫고 있었다. 새로운 위기가 찾아오는 순간이었다.

튼튼이는 죽지 않았다. 호랑이의 마음속에, 그리고 토끼의 마음속에 예쁘게 잘 자라고 있다. 언젠가 다시 토끼와 호랑이 품으로 돌아올 것이라고 굳게 믿으며. 그래 그렇게. 다행인 건 고양이는 무지개다리를 건너지 않고 기특하고 장하게도 호랑이 품으로 무사히 돌아왔다. "사랑해, 고양이 사랑해!!"라는 호랑이의 목소리를 듣고 찾아온 것일 터. 주치의는 새벽에 수액 대신 마신 포카도 고양이의 회복에 도움이 되었다고 말한다. 그렇게 며칠 더 오리로 병원에 입원한 고양이는 천문학적인 치료비를 남겼으나 무사히 광명동굴로 돌아올 수 있었다. 800g. 또래에 비해 많이 작았던 고양이는 밥도 잘 먹고 쑥쑥 크면서 호랑이에게 드리워진 그림자를 조금씩 뜯어먹었다.

에필로그

보 풀

　지울 수 없는 문장을 남긴 것. 글을 통해 나의 깊이를 세상에 들춰 알린다는 것이 두려웠습니다. 얼마나 얕은 마음을 가지고 살아왔는지, 얼마나 부족한 어른이 되어버렸는지 들킬까 두려워 한 문장이 완성될 때마다 그 문장 뒤에 그림자도 같이 졌습니다. 혹여 나의 글이 완성된 책에 오점이 되거나 편집자가 물음표를 가지고 출판을 허락하는 건 아닐지 걱정이 앞섰습니다. 그 그림자도 그 걱정도 글이 되었습니다. '책 쓰기'의 씨앗을 뿌려주고 끊임없이 용기를 준 아내에게 고맙단 말을 전하고 싶습니다. 매 순간 함께해서 행복했고 의미 깊었습니다.

고혜경

목소리가 떨릴 정도로 긴장한 것은 오랜만이었다. 1주차 모임에 나가기까지 할 수만 있다면 취소하고 싶었으나 막상 글을 쓰기 시작하면서는 욕심이 났다. 책 쓰기는 이야기를 더해가는 것이라 생각했는데 덜어내는 것이 더 중요했다. 군더더기 없이 내가 하고 싶은 알짜배기만 전달해야 독자가 지루해하지 않는다는 것을 배웠다. 생각을 정리하려고 책 쓰기에 참여했는데 객관적인 시선에서 내 감정을 정리하고 덜어내면서 차차 정리가 되는 느낌이었다. 혼자였다면 결코 이뤄낼 수 없었던 일을 함께함으로써 해냈다는 것이 뜻깊고 소중하다.

물듦

"힘들었던 기억을 글로 쓰는 과정은 너무 고통스럽지 않을까? "란 질문을 들었다. 나는 구석에 박혀있는 슬픔의 순간을 꺼내 되새기고 글로 쓰는 과정 자체가 그 묵은 감정을 소화시켜 배출하는 '치유' 의 과정이라고 믿는다. 그래서 글쓰기를 망설이는 누군가가 있다면 그의 손에 펜을 쥐어주고 싶다. 사막의 유목민이 내 손에 스카프를 쥐어준 것처럼.

글쓰기란 무에서 유를 창조하는 것이란 '오해' 로 시작했다. 실제로는 그 반대에 가까웠다. 그것을 깨닫게 된 것은 "내가 쓴 글을 아까워하면 안 돼요."라는 에디터님의 조언이었다. 나에게 커다란 돌이 주어졌다. 그 재료는 내 경험, 생각, 감정 등이었다. 그것을 망치로 부수고

칼로 깎아내고 파내면서 계속 버리다보면 결국 핵심이 되는 하나의 조각이 완성되는데 그것이 바로 글이었다.

글은 쓰는 것 보다 버리는 것이 더 어렵다.

감정을 가지는 것보다 감정을 버리는 것이 더 어렵듯이.

이미진

코로나로 이루지 못한 목표들이 있었다. 이대로 2020년을 마무리하고 싶지 않았다. 뭐라도 이루고 싶은 마음에 버킷리스트 노트를 열었다. 막연한 생각으로만 갖고 있던 버킷리스트 '출판하기'에서 멈칫했다.

여섯 명이 한 권의 책으로 만들어진다는 말에 부담 없이 신청했지만, 그것도 잠시였다. 첫 모임부터 부담감은 치솟았다. 글쓰기도 배운 적 없던 내가 너무 성급했던 것이 아닐까 싶었다. 민폐가 되면 안 된다는 생각으로 작업을 했다. 사실 중도 포기를 하고 싶은 마음에 핑곗거리를 찾기도 했다. 하지만 옆에서 과정을 지켜보는 남편에게 하고 싶은 것을 포기하는 모습을 보이기 싫어 끝까지 놓지 않았다.

처음 도전해본 책 쓰기는 만족함보다는 아쉬운 마

음이 더 크지만, 이 기회를 삼아 다음에는 내 이야기를 더 상세하게 다룰 수 있는 책을 준비하고 싶다.

김영하

저는 토익 강의를 하는 15년 차 강사입니다. 1일 포스팅이라는 습관 하나로 글을 쓰게 되고, 매일 같이 필사를 하게 됩니다. 이 과정에서 예전 기억을 글로 적어가며 한번은 정리 하고 싶어 책 쓰기 특강을 신청하게 됩니다. 누구에게나 공감하고 싶은 소중한 기억을 각자의 개성으로 담아보는 즐거운 글쓰기 수업입니다. 작가님의 피드백을 통해 평소 몰랐던 어투와 습관을 알게 되어 적용해 보고 1주 숙제와 최종 퇴고 전 글을 보니 많이 달라진 모습에 매우 만족합니다. 저도 이제 짧은 에세이를 쓰게 됩니다. 작가라는 칭호는 아직 어색합니다. 짧은 필력이지만 제 인생의 한 부분을 다른 분들과 공유하는 시간으로 기억합니다.

좋은 기억으로 글을 마무리 할 수 있게 도와주신 김한솔이 작가님 감사합니다.

허창배

속죄의 글

　여보!! 오늘이 원고를 마감한 날인데..
안타깝게도 밝고 희망적인 이야기를 못 담은 것 같아 미
안해. 오빠는 역경을 극복한 우리의 지난 이야기를 다시
들려주고 희망을 주고 싶었는데..

　시간도 부족했고 혼자 집필하는 책이 아니니 그걸
다 담아내지는 못한 것 같아. 어쩌다보니 3부작 장기 프
로젝트가 돼버렸는데 다음 2화, 3화는 여유 있게 집필해
서더 좋은 내용, 재미있는 내용으로 채울 수 있게 노력
할게.

　여보, 오빠가 눈물 없는 사람인 것 맞는데 종종 나도
모르게 눈물이 날 때가 있어. 길에서 전철에서 임산부

뱃지를 보면 그렇게 눈물이 나.

그래서 튼튼이 뱃지, 버릴 수가 없나봐.

오빠가 많이 노력할 테니까

같이 몸 만들어서 내년에는 튼튼이 다시 데려오자.

항상 고맙고!! 사랑합니다.

그렇게 이상한가요

초판 1쇄 발행 2020년 11월 26일

지은이   보풀(한영록) • 고혜경 • 물듦(박은숙) • 이미진 • 김영하 • 허창배
발행처   키효북스
펴낸이   김한솔이
디자인   김효섭
주 소   인천시 부평구 부평대로 165번길 26, 1층 출판스튜디오 쓰는하루(21364)
이메일   two_hs@naver.com
블로그   https://blog.naver.com/two_hs
인스타그램   @writing_day_

ISBN 979-11-970848-2-9